사람의 자녀

사람의 자녀

서율하

단편소설

goyoo

01 · 수감자 7p

02 · 연락 29p

03 · 사람의 자녀 35p

04 · 자유와 궤변 57p

05 · 은총 65p

06 · 최초의 호흡 75p

01

수감자

　동기나 절차는 알 수 없으나 나는 사람을 죽인 모양이었다. 나의 살인 행위는 금방 발각되었다. 나는 재판장에 섰고, 재판의 결과는 사형이었다. 그제야 나는 알 수 없는 사형 집행일만 기다리는 신세로 전락하였다.

　거기까지가 오늘 꾼 꿈의 내용이었다. 나는 영 흥미로운 꿈을 꾸었다는 감상을 안고서 이부자리를 정리했다. 사형 판결을 선고받았을 때 요동치던 심장의 피가 여전히 나의 뇌혈관 속을 돌고 있는 것처럼 느껴졌다. 그야 삶이란 탄젠트 함수처럼 무한 반복하는 것이고, 거기에 사형 선고는 있을 법하지 않은 일이기 때문이다.

　나는 그 거대한 꿈이 선사한 열감에서 벗어나고자 찬 물로 세수를 했다. 꿈은 침대 맡에 두고서, 이제는 함수 속으로 올라탈 차례. 나는 셔츠를 입고, 바지를 올리고, 넥타이를 멘 뒤 구두를 신었다. 어깨 가득 짐을 맨 채로 전차 위에 올라탔다. 흔들리는 전차 속에서 나는 공상에 빠졌다. 이 전차의 종착 지점은 대체 어디인가? 나는 언제나 내가 내려야 하는 정거장에서 내리기 때문에 알 길이 없다. 하지만 만약 내가 이 전차를 끝까지 타고 버티면 어떻게 되는 것일까. 호기심으로 인한 충동이 일었다. 하지만 그것이 애초에 가능하기나 할까? 만일 가능하다고 해도 그럴 가치는 없을 것이다.

그런 잡념은 내가 전차에서 내리는 순간 사라진다. 그럴 적에 나는 이미 노동하기 위한 인간이 되어있다. 노동이란 물리적인 작업이다. 나의 힘으로 시간을 떠밀고 가는 육체의 작업 말이다. 그리고 그 운동이 언제나 물리 법칙을 따르는 한 나는 벗어날 수 없다. 애초에 벗어나고 싶은 마음조차 없다. 나는 순순히 나의 자리에 앉아 모니터를 켰다.

바로 업무를 시작해야 했지만, 나는 그러지 않고 공상에 빠졌다. 나는 책상에 엎드려 팔을 베고 있었다. 나는 노동이 유체 역학의 법칙을 따르는 것 같다고 생각했다. 그것은 언제나 알 수 있음과 동시에 알 수 없기 때문이다. 나의 업무란 과연 무슨 의미인가? 시간이 나를 떠밀고 갈 때에는 고작 그런 것은 문제가 되지 않는다. 다만 내가 시간을 떠밀고 가야 할 때에 이는 정말 어려운 문제가 되어버린다. 업무가 나의 일생의 일부인 것인가, 나의 일생이 업무의 일부인 것인가? 그러한 사고 속에서 나는 극도의 무력감에 사로잡힌다. 그 전체와 일부의 문제에 대한 간극 때문이다. 아니다, 이와 같은 하등 쓸모없는 생각에서는 벗어나야 한다. 이유는 당연하게도 그것이 무의미하기 때문이다. 내가 스스로 제기한 질문에 대해서 옳고 그름의 답을 내는 것이 과연 내 삶을 변화시킬 수 있을까? 내가 이 노동을 무엇이라고 칭하고, 거기에 어떠한 의미를 부여하고, 미덕을 창조하면, 어쩌면 기분 정도는 나아질 지도 모른다. 하지만 그래프는 여전하다. 그것은 굳건하고 변하지 않는다. 아니다, 그럼에도 생각에 빠지는 것을 주체하기는 어렵다. 나는 엎어진 채로 계속 탄젠트 함수 그래프에 대해 생각했다. 같은 형태, 같은 주기, 계속해서 수렴하는 곡선 말이다. 그것이 무엇인지 아직은 말할 수 없다. 하지만 언젠가 내가 조금 더 나이를 먹으면… 확신할 수는 없다. 내 머릿속은 공허했고, 나는 도무지 업무를 진척할 마음이 나지 않았다. 그럼에도 계속 이렇게 있다가는 정말 삶이 무너질지도 모른다는 생각을 했다.

나는 그냥 머리를 재꼈다. 솔직히 말해서 나의 업무는 어렵거나 복잡한 일도 아니다. 나는 억지로 자판을 붙잡고 타자를 쳤다. 계속해서 문서를 써 내려갔다. 그것은 몇 장, 몇 십 장이 되었다. 그런 와중에도 내 머리는 텅 비었지만 손은 움직이고 있었다. 대체 이런 것이 다 무슨 의미인가 내적인 푸념을 늘어놓았다.

그렇게 한참 일하다가 나는 하필이면 내 자판과 눈이 마주쳤다. 순간 나는 그의 공간으로 빨려들어갔다. 그는 나에게 물었다. 이 자판의 끝과 끝, 그러니까 양 옆의 가장자리, 그 두 수평선이 제한하는 범위 만큼이 내 인생의 범위인가? 이는 음울한 생각인 것 같다. 하지만 오로지 나쁜 일은 아닐 것이다. 모든 것은 끝이 있어야 정의될 수 있다. 업무용 문서가 그러하고 키보드가 그러하듯이. 대단하게 생각할 것은 못 된다.

그러고 보니, 나의 양 옆에 놓인 저 흰 파티션 또한 이와 비슷한 개념인 것 같다. 이 파티션은 나와 타인을 분리하고 제각기의 무언가로 만들어 놓는 유일한 방어책이다. 그러나 그것은 나와 타인을 본질적으로 단절시키고, 단절. 단절이라는 표현이 적절한 지는 알 수 없지만 일단은 그러하다. 그 분절이 나를 존재하게 만드는 것이므로 확실히 이점은 있다. 과연 그것이 이점이라고 부를 만한 것인지는 알 수 없으나 일단은 그렇게 생각해 두는 수밖에 없다. 하지만 단절. 단절. 단절은 나와 타인을 별개의 존재로 만들어 놓는다. 나는 정말로 그것이 싫어질 때도 있고, 좋을 때도 있다.

나는 자판을 몇 번 더 두드리다 지쳐 슬쩍 파티

션 뒤로 상사를 들여다 보았다. 그는 내가 그를 바라보고 있다는 사실을 인지하지 못하고 있는 것 같았다. 나는 계속해서 그를 바라본다. 이제는 그도 나의 시선을 인지한 듯 보였다. 그러나 그는 나를 바라보지 않았다. 아마도 그는 자신만의 업무로 바쁘기 때문일 것이다. 그는 무슨 업무를 그다지도 열심히 해 내고 있는 것일까? 나로써는 알 길이 없지만, 그래도 흥미가 생기는 것은 사실이다. 그도 나의 일을 궁금해할까? 알 수는 없다. 하지만 전부 중요치도 않다. 이 모든 업무들은 무엇을 위해 이루어지는가. 사실 이런 것은 습관에 불과할 지도 모른다. 그제도 출근을 했고, 어제도 출근을 했고, 오늘도 출근을 하였고, 그렇다면 내일도 출근을 할 것이고, 이러한 수학적 귀납법은 언제나 틀리는 법이 없다. 최소한 그러한 법칙에 따라 일정한 파장을 유지할 때 손해볼 일은 없다.

한참 일을 보다가, 나는 할 일이 전부 동나버렸음을 알았다. 일하는 상태가 파괴되고 생각이 비집고 들어오기 전에 새로이 할 일을 찾아야 했다. 나는 상사에게 향했고 그에게 내가 어떠한 업무를 처리해야 하는지를 물었다. 그는 내가 원했던 뭐 어떠한 종류의 답변을 내어주지는 못했다. 그저 다음 업무가 배정되기를 기다리라는 것이다. 만일 그가 나에게 무엇이라도 좋으니 업무를 배정해 준다면 그 끔찍한 것도 그 아가리를 다물고 어둠 속으로 몸을 숨기겠지만, 언제라도 다시 그 거대한 몸뚱아리를 드러내어 나를 잡아삼킬 계획을 가지고 있다는 사실을 잊어서는 안 된다.

다음 업무는 얼마 가지 않아 주어졌다. 행운인가 아닌가, 나는 즐거웠다. 그 짐승이 몸을 움츠리고 어두운 곳으로 기어들어가는 소리를 들을 수 있었기 때문이다. 나는 다시 자판 위에 두 손을 올린다. 그리고 마치 악기를 연주하듯이, 자판 위 온갖 글자들 위로 손가락을 휘젓는다. 쓰고, 지우고, 쓰고, 지웠다. 하지만 이를 동일한 작업의 반복으로 보아서는 안 된다. 분명 이 업무는 개선되고 있었다. 사실 잘은 모르겠다. 더 나은 작업물을 산출해 낼 수 있다면 좋겠다만, 어차피 취향, 오로지 그런 문제일 뿐이다.

그런 작업을 대량 8시간정도 반복하는 것이 나의 주된 일과. 나의 주된 일과는 지금 막바지에 다다랐다. 나의 다음 스케줄은 퇴근을 하는 것이다. 퇴근을 한 이후에는 일단 노동의 피로에 지친 몸을 뜨거운 물로 한 차례 씻어낸 다음, 잠에 들면 되는 것이다. 여기까지가 한 주기다. 그리고 한 주기가 끝나면 다음 주기가, 그 주기가 끝나면 또 그 주기의 다음 주기가 기다리고 있는 것이다. 모든 것이 이런 식이다. 나는 이런 식의 삶이 꽤나 유쾌하다. 언제까지고 안주할 수 있는 종류의 것이기 때문에 그러하다. 좋지도 않지만 나쁘지도 않다는 것은 결국에 좋다는 말이었다.

　언제나와 같이 여섯 시 삼십 분이 도래하고, 나는 언제나와 같이 퇴근을 한다. 그리고 전차에 몸을 싣고, 또 집으로 향하고, 또 육신을 씻어내고, 그리고 침대 위로 향한다. 침대에 누워, 언제나와 같은 천장을 바라본다. 어제도, 그제도, 자기 전 그리고 일어난 후에 바라볼 수 밖에 없는 저 새 하얀 천장을 바라본다. 저 천장을 바라보는 일은 때때로 의무와도 같이 다가왔다.

　시간이 얼마나 흘렀는가 모르겠다. 나는 평소와도 같이 약간 피로한 상태로 기상했고, 평소와 같이 가볍게 몸을 풀며 하루를 시작할 준비를 했다. 하지만 문제는 천장에 있었다. 나가 눈 앞에 마주한 천장은 평소와도 같은 흰 색이 않았다. 그것은 약간 탁한 회색을 띄고 있었다. 그리고 벽 한 컨에 자리잡은 철창, 그것이 눈에 들어온 순간 눈치챈 것이다. 순간 정신이 혼미했다. 다시 보니 침대 또한 잠들었던 종류의 침대와는 다르다. 나는 생각했다. 여기는 어디인가? 그러던 순간, 멀리서부터 묵직한 발소리가 들려온다. 그 발소리는 점점 나의 근처로 다가오더니 이내 멈춘다. 그 발소리의 주인은 집행인이다. 그는 나를 한참이고 가만히 바라보았다. 나 또한 그를 바라보았다. 정적 사이에 오가는 시선이 불쾌해질 때쯤 그는 나지막한 목소리로 말했다. "삼 일 후입니다."

그 직후, 나는 나의 침대 위에서 정신을 차렸고, 위의 모든 사건들이 한 밤 중의 꿈에 불과하였다는 사실을 깨달았다. 그리고 방금 내가 깨어난 꿈과, 어제 나의 함수를 요동치게 만들었던 꿈 사이에 긴밀한 연결이 이루어지고 있다는 사실 또한 알게 되었다. 사람을 죽였으니 사형을 선고받은 것이고, 그러니 감옥에 갇힌 것이고, 그랬으니 내가 감옥 침대 위에서 일어난 것이겠구나.

나는 꿈에서나마 무언가 흥미로운 일이 일어나고 있다는 사실에 약간 들떴다. 오늘 밤 잠에 들면 또 어젯밤의 그것과 이어지는 꿈을 꾸게 되는 것일까. 삼 일 후라면, 아마도 사형 집행일을 말하는 것이겠지. 꿈에서 사형 집행을 당하게 되는 것일까? 꽤 흥미로운데, 왜냐하면 그것은 현실에서는 경험할 수 없는 일이기 때문이다.

나는 어제보다도 한 층 들뜬 마음으로 출근을 준비하였다. 그러니까, 환복을 하고, 넥타이를 매고, 구두를 신었다. 그리고 전차에 몸을 실었다. 내가 내리는 역은 언제나와 같이 거기다. 내가 출근을 하는 회사도 마찬가지이다. 다시 한 번 함수에 대해 생각한다. 그것을 행복으로 해석하든 불행으로 해석하든은 개인의 자유이다. 하지만 나는 그것을 행복으로 해석하는 편이 훨씬 나으리라 여긴다. 우리는 평생 함수 위에 올라탄 몸, 그것 자체를 불행하게 여기는 인생을 필히 불행할 것이 분명하기 때문이다.

    나는 언제나와 같이 나의 사무실로 진입하고 나의 자리에 착석한다. 그리고 업무를 시작한다. 그것은 언제나와 같이 키보드를 두드리는 일이다. 그리고 나는 생각한다. 이 키보드가 나의 인생이라면, 단 8개의 음으로 무한한 음악을 작곡해 내듯이, 나 또한 영생을 누릴 수 있을까. 분명히 나의 인생은 키보드 없이는 정의할 수 없는데, 그렇다고 해서 내 인생이 키보드 그 자체인 것일까? 만일 그렇다고 한다면 키보드의 아주 사소한 하나의 측면까지 나의 인생에 대입해 볼 수 있어야 할 것이다.

    일단 키보드의 양 끝 낭떠러지를 생각해 보자. 어쩌면 이것은 삶과 죽음을 의미할 지도 모른다. 왼쪽 끝이 출생이라면, 오른쪽 끝이 사망인 것이다. 그리고 양 모서리 사이에 존재하는 철자들, 이것을 두드려 문장을 만들어 내는 것이 인생인 것이다. 그리고 또한 키보드의 존재 이유, 그것은 문장을 만들어

내는 것이다. 나의 존재 이유 또한 마찬가지가 아닌가? 문장을 만들어 내고, 또 그것을 상부에 보고하면, 상부는 그것을 상부의 상부에게 전달하고, 상부의 상부는 또 그것을 상부의 상부의 상부에게 전달하고, 이러한 무한한 반복을 위하여, 과정의 영생을 위하여 나는 존재한다.

    마지막으로, 가장 중요할 것으로 생각되는 공통점은, 바로 한계점이 존재함과 동시에 존재하지 않는다는 점이다. 나의 인생은 어찌 보면 온전한 나의 소유물로 내가 원하는 만큼 뜻을 펼치고, 또 그런 만큼 스스로 만들어 나갈 수 있는 것으로 보이는 반면에, 오히려 나는 그런 자유로운 존재보다는 업무와 회사의 꼭두각시에 불과하다. 하지만 또한 나는 분명 자유인일 터인데… 이러한 사실들이 양립할 수 있을까? 잘은 모르겠다. 키보드도 마찬가지다. 그에게는 두 가지 제약이 있다. 먼저, 현존하는 글자 존재가 한정적이라는 사실, 그리고 그는, 내가 입력하는 문장밖에 만들어 낼 수 없다는 사실이다. 키보드가 나의 도구인 만큼, 나 또한 누군가의 도구에 불과한 것인가 모르겠다. 나는 분명 언젠가 죽을 것이다. 이 키보드도 언젠가 쓸모를 다 하고, 더 이상 도구로써의 목적을 다 하지 못하는 날이 오면 폐기될 것이다. 키보드, 나는 그를 속으로만 불러 본다.

그런데 그 순간 내 머리를 스치고 지나가는 하나의 의문점은, 과연 내가 정말로 죽는 날이 오는가 하는 것이다. 나는 꿈 속의 일과는 달리 사형수가 아니고 죽음과는 거리가 멀다. 분명 죽음은 나에게 한 발짝씩 다가오고 있다. 하지만 어디까지 왔는가? 어둠 속에서 그것은 발소리를 죽이고 다가오기 때문에, 그것이 발을 쿵쿵 울리며 인기척을 드러내거나 완전히 내 코 앞으로 다가와 어둠 속에서도 그 추악한 형체를 온전히 분간할 수 있게 되기 전까지 그것은, 단지 개념상으로만, 내 머릿속에서만 존재하는 상상과도 같은 존재일 뿐이다. 함수, 함수는 왼쪽으로 나아가든 오른쪽으로 나아가든 끝이 존재하지 않는다.

그러한 잡다한 생각을 하던 차에 시계를 확인하니 벌써 6시가 넘었다. 이제 나는 퇴근을 한다. 그리고 아무런 생각도 없이 그저 푹신한 침대에 몸을 뉘인 채 하루를 또 마친다. 머리 위 천장은 언제나와 마찬가지로 태평하게 희었다.

그리고 나는 또 깨어났다. 하늘을 보았고, 그것은 회색빛을 띠고 있었다. 헛된 감옥의 철창 사이를 바라보았다. 나는 무언가 조금 더 흥미로운 것을 찾아낼 작정으로 눈을 굴렸다. 내 감옥 양 옆 앞뒤로 무한한 감옥들이 이어진다. 그 안에 누군가 있는가 이 각도에서는 알 수가 없다. 나는 철창 밖으로 고개를 쭉 빼고 다른 감옥 내부를 들여다보려고 노력했다.

그 순간, 그 굵은 발자국 소리가 다시 한 번 들려오기 시작했다. 나는 급히 고개를 뒤로 빼고 감옥 한 구석으로 숨어들어갔다. 어떠한 종류의 두려움이 밀려온 탓이었다. 하지만 내가 겁에 질렸다 해도, 발자국 소리는 가까워지는 것을 멈추지 않는다. 그 소리는 점점 가까워져 이제 내 감방 앞에 도달했다. 그 발자국 소리의 주인공은 어제와도 같이 집행인이었다. 그는 차분한 목소리로 이야기했다. "이틀 남았습니다."

그랬다. 나는 약간의 공포감에 사로잡힌 채 기상했다. 손 끝이 떨리고, 이마에서는 식은땀이 흘렀다. 내가 어째서 이런 감각을 느끼고 있는지를 모르겠다. 죽음이라는 두 글자가 주는 본능적인 압박 때문일까? 하지만 나는 클 만큼 컸다. 알 수는 없었지만, 그저 이 불쾌한 감정에서 벗어나고만 싶었다. 나는 어서 동료들 사이에 섞인 채, 모니터 속으로 정신을 쏟아넣고 싶었다. 급하게 셔츠와 넥타이, 정장 바지와 구두를 착용한 채 전차 안으로 뛰어들어갔다.

언제나와도 같은 전차의 흔들림 속에서 나는, 처음으로 속이 울렁거리는 것을 느꼈다. 이것은 내가 살아있다는 감각인가, 아니면 내가 죽어가고 있다는 감각인가? 아니 어쩌면 그 둘은 애초에 같은 것일지도 모른다. 살아있는 모든 것은 죽음을 향해 가는 것이다. 그렇다면 죽기 위하여 사는 것인가…

나의 머릿속은 몹시도 복잡했다. 고작 꿈 따위의 내용에 이토록 동요하는 것이 성숙한 행위는 아니다만, 그래도. 죽음이라는 것이 살아있는 이들에게 무엇을 의미하는지는 우리 모두가 알고 있지 않은가. 그것은 공포이다. 자신이 현재 누리는 모든 것이, 내가 사랑하거나 증오하는 이 세계 자체가 완전히 소멸한다는 공포. 어떤 이들은 오히려 그러한 측면으로 미루어 죽음을 바란다고들 한다. 그런 이들을 전혀 이해할 수 없는 것은 아니다. 삶의 종말은 곧 고통의 종말이기 때문에. 그러나 삶은 우리가 가진 전부로, 우리에게 무엇과도 바꿀 수 없는 것이다. 나의 전 재산을 언젠가 어딘가의 누구에게 돌려놓고 떠나가야 한다는 생각은, 채무자의 생각이다.

확신할 수는 없으나 나는 지금 살고 싶다. 그것은 근본적으로는 나의 본능에 새겨진 것이고, 습관에 의한, 관성의 법칙을 따르는 운동이기도 하다. 그러나 나는 언젠가 죽을 것이다. 그것은 수학적으로 피할 수 없는 사건이다. 죽음은 거부할 수 없다. 오히려 거부할수록 나를 더 단단히 옥죄어 올 것임을 안다. 그렇다면, 죽음을 모르는 양 사는 편이 나으리라, 나는 어렴풋이 생각했다.

꿈 속 집행인이 말한 바대로 꿈 속의 나는 이틀 후에 처형당하겠지. 그렇다면 현실의 나는 어떻게 되는 것인가. 꿈 속의 나와 현실의 나는 별개의 존재인 것일까? 어쩌면 꿈 속의 내가 진정된 현실의 나일지도 모르는 것이고, 지금 내가 현실이라 여기는 이 전철 위, 흔들리는 육체 속의 내가, 꿈 속의 나일지도 모른다는 생각을 했다. 그렇다면 꿈 속의 내가 소멸하는 즉시 현실의 나도 소멸할 것이다. 그것은 죽음을 말한다. 한 줄기 빛조차 들지 않는 구렁텅이로 영원히 빠져들어가는 것을 말한다.

하지만 나의 위와 같은, 삶과 죽음에 대한 사고는 내가 전철에서 내리고 업무를 시작하는 순간 중단된다. 그것은 중단이라고 표현하는 것이 적절하다. 나는 사고를 포기한 것도, 아예 만족할 만큼 완성해 놓아 그만둔 것도 아니다. 중단이다. 내가 바랐던 것이 바로 그런 현상이었다.

업무를 할 때에는 오로지 업무하는 것에 집중할 뿐이다. 업무 중에는 죽음에 대한 것은 잊어버린다. 죽음에 대해 잊는 것은 동시에 죽음에 대해 잊는 것이다. 그러므로 나는 업무할 때 내가 살아있다는 사실을 거의 자각하지 않는다. 그런 만큼, 죽음의 공포에 대해서도 잊을 수 있다. 나의 업무는 언제나 마찬가지로 자판을 두드리는 일이다. 모니터 속 화면에 코를 박고서 온 정신을 집중하기를 한참, 어느 새 느슨해진 집중력에 시간이 얼마나 흘렀는가를 확인하고 싶어 시계 쪽으로 고개를 돌렸다. 여섯 시 정각을 조금 넘어가는 시간대였다. 이제 곧 나는 퇴근을 하겠지. 퇴근을 하면 중단하였던 사고를 다시 시작해야 할 것이고, 그러면 나는 다시 죽음의 공포에 휩싸이게 되리라. 나는 머리가 지끈거렸다. 나는 몹시도 두려워졌다. 평생 죽음을 모르는 양 살아왔으나, 며칠 간 반복되는 기묘한 꿈이 나의 시선을 억지로 어두운 그늘에 고정시켜 놓아버린 셈이니. 그 그늘을 쳐다보고 있노라면, 저 안에서 대체 어떤 끔찍한 존재가 기어 나올 것인가, 하는 생각이 떠오르게 된다.

끔찍한 존재, 그것은 죽음이다. 나는 한 번도 그것의 전체 형태를 본 일이 없다. 아니, 인류 역사상 그것의 형체를 본 이는 아무도 없다. 그것은 목표물로 삼은 자 근처 어둠 속에 몸을 숨기고 있다가, 순식간에 그 자를 낚아채 어둠 속으로 끌고들어가버리는 존재이다. 나는 지금 그것의 발소리를 듣고 있다. 그것이 내 근처로 가까이 오는 소리. 그것은 침착하고 차분하게 한 발자국씩 다가온다. 그것은 짐승이다. 나는 한숨을 내쉬며 의자 끝을 손톱으로 긁었다. 동공이 흐려지는 것을 느꼈다. 전신이 욱신거렸고,

두뇌 안에 안개가 낀 듯했다. 책상 위에 엎드린 채, 머리를 양 팔로 감싸쥐고 거칠게 숨을 골랐다. 그 작업은 정말로 잘 되지 않았다. 죽음이라는 단어가 내 양뇌를 잡아먹은 듯, 나는 정말로 그런 생각밖에 할 수 없었다. 나는 죽음의 발소리를 들었다. 환청일 가능성도 분명히 있었지만, 그것의 존재는 여전히 명백하다. 나는 죽게 될 것이다. 오늘 아니면 내일 또는 이틀 뒤이거나… 이런 생각은 전부 무용하지만 본능이란 언제나 무용함을 강제한다. 나는 계속해서 생각했다. 심호흡을 하며 머리를 비우기 위해 노력했지만 잘 되지 않았다.

 그 순간이었다. 직장 동료가 내 어깨 위에 손을 턱 하고 올렸다. 그는 말했다. 어이, 무슨 일이라도 있어? 아까부터 왜 그렇게 산만해? 나는 그의 눈을 바라보았다. 속으로는 무척 감사했다. 나는 그에게 컨디션이 좋지 않아 도무지 업무가 진행되지 않는다고 말했다. 그는 나를 묘한 눈빛으로 잠시 응시하다, 몸 상태가 좋지 않다면 잠시 휴식해도 좋다고 말했다. 나는 그에게 동행을 요구했고, 그는 흔쾌히 응해주었다.

 나는 편안한 자세로 그와 마주보고 앉았다. 그는 커피를 한 잔 홀짝였다. 나는 커피 대신 사탕 한 알을 입 안에서 굴렸다. 우리는 잠시간 대화를 나눴다. 그가 나에게 어디가 아픈 것이냐고 묻기에 나는 그저 감기라고 대답했다. 그는 고개를 끄덕였다.

"요즘 감기가 유행이라더군." 나는 그의 말에 맞장구를 쳤다. "특히 요즘 같은 날씨에는 몸을 조심해야 해. 알잖아. 그렇지 않으면 크게 고생할 수가 있어." 나는 최근에 갑자기 기온이 뚝 떨어진 탓에 여간 불편하지 않다고 말했다. 그는 웃었다. "그래도 말야, 요즘은 난방 기구 같은 게 잘 되어 있으니까. 옛날에는 그렇지가 않아서 추위를 몸으로 견뎌야 했어." 나는 적당히 미소지었고 우리는 사담을 주고받았다.

그렇게 몇 십분인가를 지냈을 것이다. 그는 시계를 슥 바라보더니 이제는 우리가 각자의 길을 가야 할 시간이라고 일러주었다. 그것은 정말로 사실이었다. 이제는 정말로 내가 퇴근을 해야 하는 시간이고, 또 사고를 해야 하는 시간이고, 또 잠에 들어, 죽음에 한 발짝 가까워져야 하는 시간이다. 오늘 밤 잠에 든다면, 나는 또 감옥 안에 갇혀 그에게 무슨 말이든지 들을 것이다.

그는 무어라 말할 것인가? 미안하다고? 나도 어쩔 수 없는 일이라고? 미리 마음의 준비를 해 놓으라고? 최소한 그 정도의 위안은 건네기를 바란다. 나는 전철에 몸을 싣고 집으로 향한다. 그리고 육체의 피로를 물로 씻어냈다. 이제 잠에 든다면, 또 감옥에서 깨어날 것이다. 그렇다면 나의 사형은 또 한 걸음 가까워진다. 나는 잠들기가 두려웠다.

하지만 나의 육체는 너무도 피로했다. 이런 상태로 잠에 들지 않고 버틸 수는 없었다. 당장은 조금 더 버텨본다 한들, 인간은 반드시 자야만 하는 생물이다. 오늘 밤이 아니더라도, 언젠가는 잠에 들어야 했다. 연기해 본들 의미가 있을까.

나는 침대 위에 지친 몸을 뉘였다. 무거운 이불에 짓눌린 채, 부드럽게 눈을 감았다. 전신에 힘을 풀며, 몰아치는 수면욕을 거부하지 않았다.

그리고 다시 눈이 뜨인 곳은 역시나 감옥이다. 회색 빛의 천장과 쇠창살의 존재로 그것을 분간할 수 있다. 나는 감방 깊숙한 곳으로 숨어들어가는 대신, 나의 옥 밖을 내다보았다. 내 감방 옆과 위아래로 무한한 창살들이 이어지고 있었다. 나는 창살 바깥으로 목을 길게 빼어 내 주변 감옥 내부를 들여다보려 노력한다. 그 순간, 나는 내 정면에 위치한 감옥 내부에서 어떠한 그림자가 움직이는 것을 분명히 볼 수 있었다. 저기에도 사람이 있다. 그것은 분명 그일 것이다. 그 순간, 나의 두려움이 조금 사그라들었다.

그리고 예상했던 바대로, 또 다시 그 묵직한 그

의 발소리가 들려온다. 나는 그 소리에 귀를 기울이다, 감옥 정 중앙에 당당히 서서 그를 맞이할 준비를 한다. 발소리는 점점 가까워져 내 앞까지 도래한다. 그는 감정 따위가 섞이지 않은 목소리로 고지한다.
"당장 내일입니다"

깨어난다. 역시나 꿈이다. 꿈 속의 내가 정말로 죽게 되면, 나 또한 죽게 될까? 꿈 속의 나, 그 인물은 나와 동일한 인물인지 아닌지조차 알 수가 없다. 사형수, 꿈 속의 나는 분명 사형수다. 사형수는 기약 없는 사형일만을 그저 기다릴 수밖에 없는 신세다. 그런데 어쩌면, 그것은 꿈 밖의 나도 마찬가지가 아닌가를 생각했다. 나뿐만 아니다 모든 인간 또한 마찬가지이다. 모든 사람, 모든 살아있는 것들이 그러하듯 우리는 언젠가 사망할 것이고, 언젠가, 그것은 사망의 가장 역겨운 측면이다. 언젠가 반드시 찾아올 것이나, 그 언젠가가 언제인지는 그저 약한 추측만이 가능할 뿐이다. 마치 사전에 고지하지 않고 자택을 방문한 무례한 방문객처럼, 죽음은 그렇게 찾아온다.

그렇다면 아무래도 좋다. 사형 집행일이 당장 내일이든, 아니면 10년 후이거나, 또는 50년 후이거나 대체 무슨 상관이란 말인가? 사형수의 신세라는 것은 어차피, 사형 선고일로부터 집행일까지의 간격이 어느 정도 되든지간에 거기서 거기다.

하지만 역설적으로, 그러한 삶에 대한 허무주의적 예측에도 불구하고, 나는 조금 더 살아보고 싶은 생각이 들었다. 만일 내가 내일 당장 죽지 않는다면, 잘은 모르겠다만, 조금 더 나은 삶을 살 수 있을지도 모르겠다는 생각을 했다. 조금 더 나은 삶이라는 것이 어떤 방식일지는 모르겠다. 아마도 내가 기존에 진행하던 모든 주요한 작업들을 그만두고 여행이나 떠나게 될 지도 모르겠다. 하지만 아마도 나는 그런 삶을 알기가 어려울 것이다. 그럼에도 내가 만일 단 하루라도 더 살아볼 수 있다면……

나는 언제나처럼 회사로 출근했다.

02

연락

*

　소식을 전해들은 것은 아침이었다. 그가 죽었다고 했다.

　사인은 쉽게 추측될 수 있었다. 아마도 자살일 것이다. 그는 여러 해 동안 그런 징조를 보인 일이 있었다. 그는 때때로 '네가 없으면 살아갈 수 없다'는 식으로 매달리곤 했다. 나는 그 말이 농담에 불과함을 알았다. 그는 자신이 떼를 쓸 수 있는 타인을 필요로 했을 뿐이다. 나는 그의 행동에 진절머리가 났지만 티낼 수 없었다. 우리의 관계는 사실상 그 정도에서 머물렀고, 이제와서 나는 그의 죽음에 애도를 표할 마음이 들지 않았다.

　한 편으로, 조금의 유감도 없다는 말은 아니다. 나는 오히려 일말의 죄책감을 느끼고 있었다. 내가 그에게 조금 더 살가웠다면, 특히 어제 저녁 그가 나를 집에 초대했을 때, 내가 더 다정했더라면 그는 죽지 않았을지도 모른다. 물론 이것은 추측이다. 당장은 졸린 기운이 남아있는 탓에 생각이 되지 않는다. 나는 대강 이불을 펼쳐서 두었다. 일단 차가운 물에 세수를 하고, 또 커피를 마셔야 할 것이다. 그

다음에야 무엇을 반성하든가 말든가 결정할 수 있으리라.

수도꼭지를 제일 왼쪽으로 돌린 채 들어올렸다. 손을 이용하여 안면을 차가운 물로 적셨다. 그러는 동안에는 정신이 개운한 것 같다가도 고개를 들면 또 어지럽다. 그보다도 그 놈이 어제 무슨 말을 했던가? 나는 마른 수건으로 얼굴을 닦아내렸다. 머리를 돌려 거울을 보았는데, 그 안에는 오로지 익숙한 형상이 있었다. 그는 모든 불변하는 것들이 그러하듯이 역한 데가 있었다.

당장 중요한 것은 애도보다는 일상을 살아가는 일이다. 나는 부엌으로 향했다. 냉장고를 대강 뒤졌는데 먹을 만한 것이 없었다. 지난 주말에 장을 봐두지 않은 탓이다. 그 이유는 단지 내키지 않아서였는데 이제 와서 생각하기에 후회스럽다. 살아가는 데 필수적인 이런 일은 오로지 내 스스로 해야 하는 것을 안다. 그런데 어째서 그렇게 하지 않고 있는지 모르겠다. 이런 측면에서 볼 때 나는 참 한심한 인간이다. 어쩌면 죽은 그도 분명 나보다 인간으로서 나은 면이 많았을 테다. 물론 진심으로 그렇게 생각하고 있는 것은 아니지만 당장은 그리 얼버무렸다. 나는 주린 배를 안고서 소파 위에 누웠다. 천장을 살피며 역시 그에 대한 생각에 빠지지 않을 수 없었다.

인간이 스스로 목숨을 끊기까지 얼마나 많은 절차가 필요할 텐가? 그 놈은 대체 무슨 생각이었는가?

생각하다 보니, 그가 최근에 연인과 결별했다는 사실이 기억났다. 그것도 이유가 될 것이다. 그 놈이 전화로 징징거리던 일을 기억한다. 그는 젖은 목소리로 중얼거리듯 고백했다. 아무래도 자기가 너무 귀찮게 굴었거나, 아니면 충분히 매력적인 사람이지 못했기 때문에 이별당했다고 생각하는 것 같았다. 솔직하게 말할 수는 없겠지만 나는 그의 진짜 심정을 안다. 그는 정말로 진절머리가 났던 것이다.

이제 생각하자면 또, 그의 고질적인 자기혐오도 한 몫 했으리라. 그 놈은 언제나 '내 얼굴, 성격, 천성이 마음에 들지 않는다'고 말했다. 가장 큰 문제는 게으른 측면일 것이었다. 그는 언제나 해야 할 일을 미루다가 미처 끝내지 못하거나, 중요한 일을 쉽사리 포기하고는 했다. 어쩔 때는 삶에 반드시 필요한 일마저 내키지 않는다는 이유로 그만두고는 했는데 스스로도 그런 점을 자각한다면 분명 그럴 것이다. 그가 때때로 청소를 게을리 해서 방을 돼지 우리처럼 만들었던 것을 기억한다.

그런 관점에서 생각해 보니, 어쩌면 내 책임도 조금은 있을 것이었다. 그것은 열등감에 대한 문제이다. 그는 나의 외모를 부러워했다. 언제나 입에 그런 말을 달고 살았으니 말이다. 뛰어난 학력 또한 부러워했을 것으로 생각된다. 아마도 유복했던 내 가정 환경도 부러워했을 것이다. 그 놈이 그걸 대놓고 티낼 수는 없었겠지만, 그래도 그렇게 생각했을 것이 확실하다. 내가 언제나 그런 생각들을 담고 있듯이 그 놈도 그랬을 테다. 내가 말하지 못하는 그 모든 고통을 안고 있는 것처럼, 그렇지 않을 수는 없을 것이다.

그렇게 생각하고 있을 적이었다. 갑자기 전화기가 울리기 시작했다. 나는 잠시 몸이 굳는 것을 느꼈다. 머리에서는 식은땀이 흐르고 있었는데, 원인은 모르겠다. 나는 떨리는 손으로 전화기를 집어들었다. 어딘가 잘못되었다는 생각이 들었다. 나는 전화기를 귀에 가져다댔다. "여보세요? 거기, 별 건 아니고, 우리 집에 가방 두고 갔더라. 가져다 줄까?" 그것은 알고 있는 목소리였다. 죽었다고 읊어대던 그 놈의 목소리였다. 그걸 알았을 때 세상이 핑 도는 기분이었다. 그가 죽었다는 건 망상에 불과했던가? 아니, 애초에 내가 그의 죽음을 누구로부터 전해 들었던가?

03

사람의 자녀

눈을 뜬 것은 L병실이었다. (나)는 멍한 정신으로 천장을 올려보고 있었다. 그는 이것을 단절이라고 판단하였다. 말하자면 눈을 감았다 뜨기 전의 암전과 비슷한 것 말이다. 하지만 이제 단절을 끊어내야 할 때임을 알았다.

일단은 (다)를 찾는 것이 우선이라는 생각이 들었다. 양 손을 주머니에 단단히 찔러넣은 채로 병원 복도를 걸었다. 거기는 온통 새하얀 벽지로 되어 있었고, 천장에 매달린 전등에서 발사되는 광선에 눈이 아팠다. 간신히 벽 위로 드문드문 걸려 있는 병실 표지판을 읽었다. B병실이 있고, 그 다음에는 C병실과 D병실이 이어진다. 그 옆에는 아래층으로 이어지는 계단 하나가 있었는데, 그 밑에서 분명하게 (다)의 음성을 들었다. 마땅한 지표랄 것도 없이 (다)의 음성만 좇아서 무질서하게 걸었다.

그런 끝에, 마침내 (다)를 발견했다. 그는 표지가 없는 방에서 의사와 대화를 나누고 있었다. 문 쪽을 등지고 섰던 의사는 (나)의 기척에 몸을 돌려 그를 바라보았다. 그는 상당히 고조된 상태였는데 (나)

의 등장에 한 차례 더 놀란 것 같았다. "아, 산모님! 지금 어떻게 일어나서 걷고 계신 겁니까? 의사는 미간을 찌푸렸다. (나)는 그저 다리가 멀쩡한 탓이고 자신의 잘못은 아니라고 말했다.

(다)는 방 모서리에 서서 (나)를 바라보고 있었다. 그는 어딘가 불안한 것처럼 눈과 손가락을 떨고 있었다. (나)는 그에게 다가가려고 했는데 그것을 의사가 막아서며 말했다. "잠시만요, 두 분… 대체 이게 어떻게 된 일인지 제게 먼저 설명을 좀 해주세요." 의사의 말에 (다)는 갑자기 목소리를 높였다. "이걸 대체 우리가 어떻게 설명하라는 말씀이십니까! 오히려 선생님이 해결하셔야 하는 일 아닌가요?" (나)는 그들의 대화를 이해할 수 없었다.

의사는 (나)의 표정을 살폈다. 그리고 (다)에게 한 발자국 옆으로 물러나 달라는 손짓을 보였다. (다)는 떨리는 다리를 이끌고서 그렇게 했다. 그러자 그의 등 뒤편에 있던 나무 요람이 보였다. 안에는 무언가 깃털을 뽑아낸 새같은 것이 있었다. 그것은 언뜻 현대 미술의 조형물 같았는데 분명히 꿈틀대며 생명의 신호를 보내고 있었다. (나)는 의사에게 "저게 뭔가요? 꼭 닭처럼 생겼군요."하고 물었다. 의사는 고개를 저으며 답했다. "잘은 모르겠습니다." 그는 수술용 장갑을 벗고서 기도하듯 두 손을 모았다.

"산모님… 정말 받아들이기 어려운 사실이겠으나, 저것이 당신의 자녀입니다." 그리고 정적이 흘렀다.

(나)는 천천히 몸을 돌려 의사를 바라보았다. 그리고 고개를 끄덕이며 말했다. "그렇군요." 그것은 수긍이었다. 하지만 완벽한 긍정은 아니었다. (나)가 자녀의 탄생 이후 생활에 대해 예상하였던 것은 모두 '사람의 자녀가 태어날 것이다' 하는 가정에 근거해 있었다. 이를 테면 자녀를 그네에 태우는 것이나, 학교를 보내는 것, 친구를 만들게 하는 것, 그런 것들은 인간만이 할 수 있다. 더 나아가 인간으로서 어떠한 생각을 가지는 것도 마찬가지다. 하지만 태어난 것은 저것이다. (나)는 저것과 자신이 함께할 미래에 대해 그려보았다. 저것은 털이 없는데, 그로 인해서 추위를 탈 것인가? 만약 그러하다면, 겨울철마다 스웨터를 떠 주어야 할 것이다. 어쩌면 모자나 장갑도, 당장으로서 명확한 건 없다.

의사는 숭고한 얼굴을 하고서 그것을 흰 천으로 감쌌다. 그리고 작은 요람에 담아 (다)에게 건넸다. (다)는 그것을 받아들고서 병원 밖으로 나섰다. (나)는 그를 몇 걸음 뒤에서 따랐다. (다)는 한참 땅만 보고 걷고 있었는데, 갑자기 고개를 휙 돌려 (나)를 보고는 물었다. "잠시만, 몸은 괜찮은 거야?" (나)는 고개를 끄덕였다. "일단은 그런 것 같은데." (다)

는 납득하지 못한 듯 보였다. "부축 같은 것도 필요 없단 말야?" (나)는 또 고개를 끄덕였다. 그는 (다)가 말도 안 된다며 중얼거리는 것을 들었지만 대꾸하지 않았다.

그들은 병원 야외 주차장까지 함께 걸었다. 계절은 찌는 듯한 여름이었다. (나)는 이마에서 흐르는 땀을 닦아내며 차 조수석 문을 열었다. (다)는 바구니를 뒷좌석에 잘 두고서 운전석에 올라탔다. 자동차 에어컨을 틀었지만 뜨거운 바람만 흘렀다.

(다)는 조용히 읊조렸다. "끔찍하네." (나)는 그것이 날씨에 대한 불평이라고 생각했다. 그는 고개를 한 번 끄덕이고, 차 창가에 턱을 괸 채 밖을 바라보았다. 거기에는 여름의 풍경이 있었다. 녹음이 무성했는데 아스팔트 위로 데워진 공기가 그것을 헤집고 있었다. 그 위로는 거대한 적란운이 하늘을 갉아먹듯 자리했다. 매 해 여름마다 돌아오는 그 얼굴에는 매번 새롭게 다가오는 무언가가 있었다.

(다)는 천천히 차를 몰아 그들의 집까지 향했다. 그들은 집 차고에 주차를 해 두고 정문으로 향했다. (나)는 먼저 집으로 들어갔고, (다)는 뒷좌석에서 아기 바구니를 챙겨 그를 따랐다. (나)는 먼저 소파 위에 드러누워 눈을 붙이고 있었고, (다)는 그 바구니를 어떻게 처분해야 할 지 몰라 일단은 현관 앞

에 두었다.

    (나)는 이마를 짚으며 말했다. "피곤해 죽겠어." (다)는 조용히 그의 눈치를 살폈다. "그럴 만도 하지." 그리고 (나)는 (다)에게 저녁을 준비해줄 것을 요청했다. (다)는 그렇게 할 것인데 무엇을 준비하면 좋겠느냐 물었다. (나)는 그저 고개를 저으며 평소대로 해 달라고 말했다.

    (다)는 어디엔가 마뜩찮은 표정으로 부엌에 가셨다. 그는 냉장고를 열어 고기 스프가 담긴 봉투를 꺼냈다. 고민했지만 (나)에게 피곤하도록 캐묻고 싶지는 않았다. (다)는 차근히 스프를 끓여 두고 (나)를 불렀다. (나)는 짤막한 감사인사를 건넨 뒤 식사를 시작했다.

    (나)는 느긋하게 스프의 맛을 즐겼다. 그것은 나쁘지 않았지만 그렇다고 좋지도 않았다. (다)는 자신 몫의 스프도 덜어 앞에 두었지만 손을 대지 않았다. 대신 그는 양 손을 무릎 위에 올린 채로 물었다. "이 일을 빨리 해결을 봐야겠어. 어떻게 하지? 의사를 고소해야 할까?" (나)는 잠시 숟가락을 내려둔 채로 (다)의 눈을 바라보았다. "글쎄… 그가 좀 불친절하긴 했지만 고소할 정도는 아닌 것 같은데."

    (다)는 이해를 모르는 얼굴이었다. "잠시만, 지금 나는 그의 불친절에 대해서 말하려는 게 아니

야. 그건 그닥 중요한 문제가 아니지만, 내가 말하는 건… 저것이야." 하고, 턱으로 현관 앞의 바구니를 가르켰다. 그는 바짝 마른 침을 삼켰다. (나)는 머리를 살짝 기울이며 답했다. "그렇다면 더욱 이해하기 어려운걸. 저것은 그저 발생되었을 뿐이야. 그걸 어떻게 해결하거나 처리할 수 있겠어?" 그렇게 말하자, (다)의 얼굴에는 혼란스러움이 가중되었다. "잠시만, 여보. 그렇게 태연하게 말하는 건 이상해. 발생했을 뿐이라고? 그건… 그건, 말이 안 돼." (나)는 고개를 저으며 말이 안 될 것은 어디에도 없다고 말했다.

　(다)는 진중하게 말했다. "여보, 내 생각은 이래. 넌 말이 안 될 게 없다고 하지만, 이건 정말 일어날 법하지 않은 일이야. 그래서 나는 아마도 그 의사가 우리에게 무슨 짓을 했다고 생각해. 무언가… 착오가 있었을 수도 있고 말이야."

　(나)는 그의 말에 잠시 고민하다 아이를 타이르듯 말했다. "아냐, 그럴 것 같지는 않아. 원한다면 그 의사에게 더 따져 볼 수도 있겠지만, 분명 그 또한 아는 건 없을 거야." 그러자 (다)는 약간 체념한 듯 고개를 저었다. "알겠어. 일단 네가 그렇게 생각한다는 건 알아둘게." (나)는 미소지으며 머리가 맑아지면 생각이 달라질 것이라고 말했다.

그리고 그는 몸을 일으켜 두 개의 그릇을 싱크대로 가져갔다. 자신 몫의 스프는 음식물 쓰레기로 처리했다. (다)는 그에게 천천히 다가갔다. "지금도 그렇게 피곤하지는 않은데. 설거지, 내가 할게. 넌 쉬어야지." 하고 그의 어깨 위에 손을 올렸다. 그것은 (다)의 호의였다. 하지만 (나)는 친절하게 그의 손을 밀어냈다. "여보, 당신은 지금 너무 피곤해. 나보다 훨씬. 정리 정도는 내가 할 테니 당신은 쉬는 편이 나을 거야." 그리고 그는 (다)를 부엌에서 나가게 했다. (나)는 다시 소파에 멍하니 앉아서 (다)를 바라보고 있었다. (나)는 설거지를 마치고 손을 헹구었다. 그리고 소파 위에 앉은 (다)에게로 다가가, 오늘은 이대로 푹 쉬기나 하자고 했다. 그는 고개를 끄덕였고, 그대로 침실이 있는 위층으로 올라갔다.

　(나)는 그대로 그를 따라가려고 했다. 계단 앞을 지나치는데, 문득 현관 앞에 놓인 아기 바구니가 눈에 들어왔다. (나)는 그것을 집어든 채로 계단을 올랐다. 그리고 침실 맞은 편에 있는 아기 방으로 향했다. 그리고 바구니에서 그것을 꺼내 안았다. 물컹거리는 살 덩어리 안에 얇은 뼈가 만져졌다. (나)는 그것을 아주 조심스럽게 요람 위로 옮겼다. 그리고 그런 뒤에 그는 불결한 기분에 사로잡혔다. 그것의 점막으로부터 무언가 옮을지도 모른다고 생각했

다. 그래서 화장실로 가서 손을 오래간 씻었다. 한참이 지난 후에야 침실로 가서 (다) 옆에 몸을 뉘일 수 있었다.

 다음 날 아침이었다. (나)가 눈을 뜬 것은 평소 기상 시간보다 세 시간 이상 늦은 때였다. 그럴 적에 (다)는 이미 그의 곁에 없었다. (나)는 지친 몸을 대략 일으키며 아마 그가 잠시 외출을 했거나 아니면 서재에서 업무를 보고 있을 것이라 여겼다. (나)는 지친 몸뚱아리를 이끌고 아래층으로 내려갔다.

 (나)는 조심스레 (다)의 서재 문을 두드렸다. (다)는 분명 그 안에 있었지만 응답하는 소리가 없었다. (나)가 조심스레 문을 열고 들어갔을 때에도 (다)는 그 기척을 알아채지 못했다. (나)는 (다)의 이름을 불렀다. 그제야 (다)는 책에서 눈을 떼고 (나)의 얼굴을 바라보았다. (나)는 책들로 어질러진 방을 한번 훑어보고 입을 열었다. "나 좀 깨워주지 그랬어."

 (다)는 읽던 책을 덮었다. "무슨… 널 깨울 순 없었어. 너는 좀 쉬어야지." 그의 눈은 붉게 달아올랐고 손가락은 흔들렸다. 그는 책을 책상 한 모퉁이에 밀어두고서 몸을 일으켰다. "그보다, 그보다도, 나 진짜 미칠 것 같아. 하나도 진전이 없어." 그는 고통을 덜어내려고 머리를 세차게 흔들었다.

 "진전이 없다니, 무엇을?" (나)는 물었다. (다)는 그 두꺼운 책을 다시 집어들며 말했다. "새벽부터 지금까지 계속 탐색해 봤어. 전문 서적도 읽었어. 생물학, 의학, 어쩌면 철학까지 따지지 않고 뒤졌고, 물론 검색도 사색도 해 봤어. 그런데도 도무지 알 수가 없다는 거야." 그의 목소리에는 환멸이 서려 있었다. (나)는 그가 그것에 대해 이야기하고 있음을 알았다.

(나)로서는 그의 행동을 이해할 수 없었다. "이런… 여보, 미안하지만 난 네가 무슨 짓을 하고 있는 건지 모르겠어." (다)는 (나)를 이해시켜야 한다는 강한 충동을 느꼈다. 그는 역설했다. "왜냐니, 그건 당연하잖아. 이 일을 그냥 두고만 볼 테야?" 하지만 그 말은 (나)를 더욱 혼란스럽게 만들 뿐이었다. "여보, 어제도 말했지만, 이걸 어떻게 해결할 수 있겠어."

(다)는 손 끝으로 식탁을 두드렸다. "넌 지금 내 말을 이해하지 못하고 있어. 내가 말하고자 하는 해결은… 난 그걸 조금도 이해할 수 없어. 너도 마찬가지일 테고, 그러니까 어떻게든…" 그는 말을 절었다. 그는 몇 번이고 머릿속에서 단어를 골랐지만 마땅한 것이 없었다. "그래… 난 받아들일 수 없어."

(나)는 그것을 납득했다. 이해 가능성과 별개로 그 입장에서는 그럴 수도 있으리라 생각한 것이다. 하지만 당장 짚고 넘어가지 않으면 안 되는 것은 그의 수면 부족이다. (나)는 조심스럽게 일단은 잠을

좀 자는 것이 어떻겠느냐 말했다. 수면 부족의 문제점에 대해 설명하며 그의 이성에 호소했다만, (다)는 단호하게 거절했다. 그는 잠이 오지 않는다고 말했다. "이런 상황에서 어떻게 두 발 뻗고 잠을 잘 수 있겠어." 그렇게 고집을 부리는 이상 (나)가 할 수 있는 것은 없었다.

    (다)는 정중하게 서재에서 나가줄 것을 요청했고 (나)는 그렇게 했다. (나)가 아는 그는 현명하고 합리적인 선택을 하는 사람이었다. 하지만 지금 와서 보니 대단한 무식쟁이 같기도 하다. 정말로 그를 가만히 내버려둘 수는 없었다. (나)가 진정 그를 위한다면 과연 어떻게 해야 하겠는가? 그는 생각했다. (다)가 이토록 휘둘리는 것은 이해 가능, 즉 오롯한 감정의 문제이다. 그러므로 그의 마음을 보듬는 것이 최선이다. 분명 그에게 사랑의 표시를 한다면 좋을 것이다. (나)가 (다)를 사랑하는 만큼 (다) 또한 그를 사랑함을 알고 있었기 때문이다. 그렇게 호소하면 그도 무의미한 시도를 그만둘 것이라 반 확신했다. (나)는 꽃 한 다발을 사다 선물하는 것이 좋을 것이라 판단했다.

    (나)는 그대로 꽃을 사러 갔다. 길의 끝에 조심히 문을 열고 들어간 안에는 꽃들이 반 박제 상태로 진열되어 있었다. 산 것도 죽은 것도 아닌 채로 거기에

놓여 있었다. (나)는 주위를 둘러보며 그것들을 품평했다. 그것들을 하나하나 뜯어보았다. 백합이나 안개꽃을 골랐을 때, 과연 (다)는 그의 마음을 알아줄까? 기대하기는 어려울 것 같았다. 어쩌면 수선화, 노란 튤립은 나쁘지 않을지도 모른다. 하지만 그것이 근간을 건드릴 가능성은 너무 부족하다. 그렇다면 결국 남은 선택지는 장미 정도일 것이다. 유려한 꽃잎에 가시가 달린 붉은 꽃 말이다. 그것이면 분명히 효험이 있을 것이다. (나)는 장미를 양 손 가득 담아 끈으로 묶고, 흐느적거리는 종이로 대강 포장했다. 당장은 다른 수도 없었다.

(나)는 홀가분하게 집으로 돌아왔고 그 적에 시간은 이미 오후 5시가 넘어가는 때였다. (다)는 여전히 서재 안에 있었고 아직도 정신이 팔려 있었다. (나)는 식탁 위에 예쁘게 포장된 장미 꽃다발을 올린 뒤 저녁 식사 준비를 시작했다. (나)는 냉장고 문을 열어 큼지막한 고깃덩어리를 꺼냈다. 그리고 그것을 알맞은 두께로 썰어낸 뒤 기름과 향신료를 뿌려 간을 했다. 그는 그것을 뜨거운 불에 짧게 구워낸 뒤 술과 버터를 넣어 가미했다. 익은 고기는 자기로 된 푸른 접시 위에 전시품인 양 올려졌다. 그렇게 하고 (나)는 약간 뿌듯한 기분이 들었다..

고기가 올라간 두 개의 접시를 식탁 양 쪽에 올

린 뒤, (나)는 (다)의 서재로 갔다. 그리고 (다)의 방문을 열었다. (다)는 피로와 스트레스에 절여진 얼굴로 (나)를 바라보고 있었다. 그는 신경질적으로 "노크를 좀 하지 그래?" 하고 쏘아붙였다. (나)는 대강 사과를 하고 그보다 저녁을 먹으러 나오라고 말했다. (다)는 그의 태도에 거슬렸지만 몹시 배가 주렸던 탓에 거절할 수가 없었다.

  (다)가 방문 밖으로 걸어나오자 (나)는 그의 곁에 꼭 붙어 걸음을 맞추었다. 부엌에서 (다)는 지독하게 풍겨오는 고기 냄새에 인상을 썼다. (나)는 식탁 위에 있던 꽃을 집어들었고 그것을 (다)에게 건네며 과장된 미소를 지었다. "저기, 여보. 내가 화나게 한 건 미안해. 하지만 당신도 너무 과했던 건 사실이잖아. 하지만 그건 어쩔 수 없었단 걸 알아. 그래서 당신에게 이걸 주고 싶어." (나)는 (다)가 그 꽃들을 좋아해 주기를 바랐지만 그의 반응은 좀 냉담했다. 그는 고개를 돌려 가볍게 숨을 고르다가 (나)의 눈을 똑바로 바라보았다. 그는 꽃을 다발을 받아들지 않은 채로 말했다. "그래, 날 생각해준 건 고마워. 하지만 그게 이런 식일 이유는 없잖아." (다)의 나름으로 다정하게 건넨 말이었다.

  (나)는 살짝 얼이 빠진 채로 꽃다발을 내렸다. 그는 고개를 끄덕이며 네 뜻이 그러하다면 이것은 치

워 버리겠다고 말했다. 그 순간에 어쩌면 (나)의 독단적인 행동이 틀렸을 지도 모른다는 생각을 했다. 그는 작은 목소리로 "그럼 그냥 저녁이나 먹고 기분 풀어. 언제까지 바보짓을 할 셈이야? 고기를 구워 두었는데…" 그의 말에 (다)는 혈관이 빠르게 끓어오르는 것을 느꼈다. 그것은 (나)가 읊은 모든 문장 때문이었다. 그는 나무로 된 식탁을 세게 내려쳤고 식기와 그릇이 크게 흔들렸다. 그는 억눌린 목소리로 말했다. "난 고통에 시달리고 있는데, 너는 나를 그냥 멍청이 취급하는구나. 어떻게 그럴 수가 있지?" 그의 양 손은 세게 다물렸고 심장이 세게 뛰었다. (나)는 놀랐고 또 미안한 마음이 들었다. 하지만 그 이유는 파악되지 못했다.

    (다)는 계속해서 말했다. "난 대체 네가 무슨 생각을 하는 건지 모르겠어. 아니, 그보다도 나를 정말 사랑하기는 하는 건지 모르겠어. 날 이해할 마음이 있기나 해? 넌 항상 너만 옳지. 내 말을 이해할 생각이나 있는지…" 그는 끊임없이 비난을 이어갔다. (나)는 일단 괴로웠지만 그의 말 안에 자신이 회피하던 진실이 있음을 알았다. (나)가 정녕 (다)를 위했다면 그의 고통을 오로지 감각의 문제로 치부해서는 안 됐다. "그래, 넌 항상 그런 식이지. 날 위하는 척하면서 항상 머리 위에 있고 싶어하고 말이야." (나)

는 그 스스로의 행동이 어긋나 있다는 것을 깨달았다. 그것이 정녕 어디서부터 잘못되었는가는 생각해 보아야 할 것이다. 하지만 당장은 그럴 겨를도 없다. (나)는 머리를 쓸어넘기며 말했다. "미안해. 네가 무슨 말을 하려는 지 알아." (다)는 (나)의 말을 가로질렀다. "아니, 넌 모르고 있어. 넌 애초에 날 사람 대우할 마음이 없잖아." 그의 말에 (나)는 강한 죄책감을 느꼈지만 조금은 억울한 마음도 들었다. 그는 (다)에게 변명이라도 해야 할 것 같았다.

"그래… 네 말이 맞아. 핑계를 댈 생각은 없지만… 그래도, 알잖아. 네가 하려고 한 일은 잘못되었다는 걸." (다)는 억지로 침착한 척을 하며 고개를 저었다. "아냐, 그렇지 않아. 난 결국 알아냈어. 그것이 무엇인지, 그리고 어디에서 왔는지…" 그의 말에 (나)는 놀랄 수밖에 없었다. 그것은 성립될 수 없을 것이라고 생각했다. (나)는 떨리는 목소리로 대체 무엇을 알아내었느냐 물었다. (다)는 의기양양하게 웃었다.

"그것의 정체는 말이지, 신화 속에서 온 괴물이야. 오래된 구절에, 사람 밑에서 태어나는 새에 대한 이야기가 있다는 걸 알았어. 조금 더 조사해 보니까, 그것은 신이 내린 계시라고 해. 징벌, 또는 축복… 그건 명확하지 않아. 그래도 우리의 과거를 돌아보면 알 수 있겠지. 어찌 되었던 확실한 건 그것이 신으로부터 내려진 존재라는 거야." (나)는 즉각 그의 말이 터무니없음을 알았다. 그의 얼굴은 승리감과 미약한 광기에 지배되어 있었다. (나)는 대답했다. "여보, 넌 지금 제정신이 아니야." (다)는 내부의 폭풍을 숨길 수 없었다. "또 그런 식이로군! 망할 놈, 당장 내 앞에서 꺼져." (나)는 당혹한 채 뒤로 슬금슬금 걸으며 용서를 빌었다. "미안, 정말 미안해. 하지만 정말로 너는 지금…" (나)는 무어라 계속 중얼거렸지만 (다)에게는 오로지 가증스럽게만 보였다. (다)는 구겨진 얼굴로 몸을 휙 돌렸다. (나)는 그의 옷 끝자락을 간절하게 잡았고, 입만 계속 뻐끔거렸다. (다)는 곁눈질로 (나)를 바라보았다. 그를 떨쳐내려고 결심했다.

    그럴 적이었다. (나)는 머리 위에서 무언가 진득한 것이 얽히는 소리를 들었다. (다)또한 그 소리를 들었고, 고개를 돌리며 주위를 둘러보았다. 그 철떡거리는 소리는 곧 인간의 목소리가 웅얼거리는 것처럼 들리기 시작했다. 그리고 그 중얼거림은 곧 지독한 비명 소리로 바뀌었다. 쇠를 갈아내는 듯한 비명 소리가 집 안을 가득 메웠다. 그 소리는 명확히 2층 아기 방으로부터 쏟아지고 있었다. 그 순간 (다)는 천지가 개벽하는 듯한 느낌을 받았다. 전신의 근

육이 파상풍 환자처럼 꿈틀거렸고, 그대로 카펫 위로 쓰러졌다.

(나) 또한 그 격렬한 소음에 귀를 틀어막으며 몸을 비틀거렸다. 하지만 그런 상태를 유지할 겨를은 없었다. 그는 재빨리 위층 계단 옆 방으로 뛰어올라갔다. 직감에 따라 당장 아기 방으로 뛰어들어갔고 그의 예상이 옳았음을 알았다. 그것은 요람 위에서 온 몸을 힘껏 비틀며 울어대고 있었다. (나)는 두통을 느꼈다. 그는 어떤 본능으로 그것을 먹여야 함을 알았다, 어떤 살덩어리를…

(나)는 계단 위에서 난간을 잡고 몸을 기울이며 외쳤다. "당장 고기 스프 팩을 가져다 줘." (다)는 여전히 전신이 떨렸고 정신이 몽롱했다. 하지만 (나)의 목소리에서 확신을 보았고 그것을 따르지 않으면 안 됨을 느꼈다. 그는 휘청이며 부엌으로 갔다. 냉장고를 열어 내용물들을 마구 끄집어냈다. 고기 스프 팩이 손에 집히자 그것을 놓칠 것처럼 세게 부여쥐었다. 고기 스프를 (나)에게 건넨 뒤, 그대로 계단 위에 쓰러져 버렸다.

(나)는 (다)가 건넨 물건들을 받아들고서 다시 그것에게 갔다. 조심스럽게 오른손으로 그것의 모가지를 쥐었다. 그것이 발버둥치지 못하게 누른 채, 왼손과 이빨로 스프 팩을 뜯었다. 그리고 뜯어진 팩의

뾰족한 쪽을 그것의 아가리에 가져갔다. 그리고 천천히 그것을 목구멍 안으로 흘려넣었다. 그러자 그것은 잠시 비명 지르는 일을 멈추고 천천히 고기 스프를 받아먹기 시작했다. (나)는 계속해서 손의 기울기를 조절해가며 그것에게 스프를 먹였다. 스프 한 팩이 금새 그것의 위장 안으로 들어갔다. (나)는 손을 떼었다. 비명 소리는 완전히 그친 것으로 보였다. 대신에 이제 그것은 무언가 토해내려는 것처럼 경련했다. 그것을 본 (나)는 그것을 안아들고서 등을 두드리기 시작했다. 그렇게 하자 그것은 차츰 꿈틀거리는 것도 멈추고 완전히 안정되었다. (나)는 그것을 부드럽게 미소지었다. 그리고 그것을 아주 조심스럽게 다시 요람 위에 눕혔다. 신체의 긴장이 풀린 (나)는 그대로 요람 옆에 누워버렸다. 창 밖으로 새파란 하늘이 보였고 거대한 구름들이 흘러가는 것이 보였다. 그 밑으로는 높은 나무들이 고개를 치켜든 채 흔들리고 있었다. 그는 생각했다. 그제야 그는 스스로가 바라보던 세상이 얼마나 모순적이었는가를 느꼈다. 하지만 이제는 파묻힌 진실을 꺼내올릴 수 있을 것 같았다. 그리고 (다)에 대한 감각을 정리했다. 그가 그렇게 말했던 것도 전부 일어날 수 있는 일임을 받아들인 것이다. 그것이 (나)에게 선사하는 무한한 자유, 그것은 이전에 비슷하게라도 느껴본 적 없는 감정이었다.

그럴 적에 (다)가 조심스럽게 계단을 걸어올라오는 소리가 들렸다. 그는 바닥에 쓰러져 눈을 감았다 떴다 하는 (나)를 보았다. 그는 방 가장자리로 걸어서 (나)에게 갔다. 그는 한참을 말 없이 (나)를 내려보고 있었다. (나)는 약간의 미소를 띄운 채였다. (다)는 조용하게 말했다. "대체 어디에서부터 문제였던 걸까." (나)는 거기에 분명히 대답하였다. 그러나 그 스스로도 무엇이라 대답하였는지 기억할 수가 없었다. 오로지 (다)가 답례의 미소를 지어주었던 것만 기억한다. (나)는 그대로 눈을 감았다. 칠흑이 이어지는 내내 그는 마치 공중에 떠있는 듯한 감각에 사로잡혔다.

그리고 다시 눈을 뜬 것은 황혼의 시간이었다. 그러나 그것이 아침의 것인지 저녁의 것인지는 알 수 없었다. 그는 침대 위에 누워 있었는데 아마 (다)가 그를 옮겨주었을 것이라 생각했다. 그는 조심스레 몸을 일으켰는데, 그의 신체가 아주 가벼운 것을 느꼈다. 근래 들어 가장 건강한 느낌이었다. 침실을 빠져나와 천천히 아래층으로 걸어갔다. 계단을 밟을 때마다 살짝 삐걱거리는 소리가 났고, 부엌에 있는 (다)가 고개를 돌려 (나)를 바라보는 것이 보였다. (나)는 손을 흔들었고 (다)도 그렇게 했다.

"잘 잤어?" 그는 그렇게 물었다. (나)는 고개를 끄덕였다. (다)는 가스레인지 위에서 끓고 있던 냄비의 뚜껑을 열었다. 그리고 부엌 안은 금새 진한 고기 스프의 냄새로 가득 찼다. (나)는 과장된 동작으로 그 냄새를 한껏 들이마셨다. (다)는 정겹게 웃으며 말했다. "식사를 하자."

　두 사람은 식탁에 마주보고 앉았다. 그들의 앞에는 은근한 빛의 스프가 가득 퍼담아진 그릇이 놓여있었다. (나)는 테이블을 두드렸다. "이렇게 되었구나." 그는 그렇게 말했고, (다)는 대답 없이 웃고 있었다. (나)는 그저 몽롱했고 딱히 웃을 마음이 들지 않았다. 하지만 그저 (다)를 위해 미소를 띄웠다. (다)는 고기 스프를 크게 떠서 입 안으로 밀어넣었다. 그는 스프의 신선한 건더기를 잘 씹어서 삼켰다. 그는 그것이 아주 맛있고, 향미도 훌륭하다고 말했다. (나)는 어쩌면 그것으로도 좋다고 생각했다.

　(나)는 (다)의 눈을 보았다. (나)는 그에게 후회는 없냐고 물었다. (다)는 오묘한 얼굴이었다. 그는 눈을 창 밖을 바라보고 있었다. 그는 모르겠다고 말했다. (나)는 그것이 그의 솔직한 대답임을 알았다. 후회의 여부는 모른다. 그러나 그는 그렇게 할 수밖에 없었음이 분명하다. 몇 번이고 다시 과거를 돌이킨대도 그는 그렇게 했을 것이다. 하지만 그것이 대

체 어느정도의 변명이 되어줄 지는 모르겠다. (나)는 복잡한 심경에 사로잡혔다. 많은 감정들이 그의 안에 어지러이 녹아 있었지만, 유일하게 온전히 감지할 수 있는 것은 깊은 애정 뿐이었다. (다)에 대한 애정, 그리고 세상에 대한 애정이었다. 그리고 두 애정의 무게를 저울질하자면 그것은 완전히 동등하다. 그런 연유로 그는 쉽사리 입을 열지 않았다. 다만 어렴풋이 생각하고 있는 것은 하나였다. 시대가 흘러도 결코 변하지 않을 단 하나의 진실을 감지하고 있었다.

    그는 조심스레 숟가락을 들었다. 그 무게로부터 도망칠 수 없음을 알고 있었다.

04

자유와 궤변

　나는 지금 내 귓가에 맴도는 말소리의 근원이 오른편 벽이라는 사실을 알았다. 벽은 나에게 인사를 건네고 있었다. 나는 고개만 까딱하며 인사를 받았다. 그것은 대뜸 나에게 대화를 좀 나누지 않겠느냐고 했다. 나는 선뜻 그렇게 하리라 답했다.
　그것은 내가 요청을 수락한 일이 무척 기쁜 듯 보였다. 그것은 자신이 오래간 누구인가와 소통을 한 일이 없었고, 그 때문에 몹시도 외로웠다고 말했다. 나 또한 무엇과 대화를 주고받은 것이 참 오래되어 이 상황이 좀 낯설었다.
　나는 무슨 마땅한 말이라도 던져야 할 듯 싶었다. 그래서 그것에게 벽으로서의 삶은 어떤 질이느냐고 물었다. 벽은 웃었다. 그가 말하기를 벽으로서의 삶은 무슨 질인가를 따질 가치가 없다고 말했다. 나는 그것이 단순한 자조적 농담이라고 여겼다. 그리고 웃음을 띈 얼굴로, 무슨 대단한 대답을 기대하는 것은 아니라고 재차 물었다. 그랬더니 그것은 아주 울상이 되었다.
　벽은 느리게 입을 열었다. 말하기를, 대부분의

사람은 벽으로서의 삶이 얼마나 고된 것인지 이해하지 못할 것이라고 했다. 그들은 대체로 벽의 삶은 아주 평화롭기 때문에 고뇌와는 거리가 멀 것이라고 여긴다고 했다. 그러나 벽이 말하기를 벽의 삶이란 가장 고된 종류의 그것이라고 했다.

주된 원인은 선택권의 부재, 즉 어떠한 종류의 자유도 허가되지 않았다는 사실이란다. 그러니 벽, 그로서의 삶은 대상 없는 기다림이라고, 또 무력감에 빠진 채 운명만을 원망하는 처지라고, 그것은 인간이 상상하기 어려운 고통이라고 말했다. 모든 인간의 본질이 자유이듯 벽으로 난 자의 본질은 자유 없음이라고 말했다. 기본적으로 벽은 무언가 결정할 수 있는 존재가 아니고, 그가 무슨 풍경을 바라보거나 무엇을 위해 종사하는 것은 전부 타인의 결정에 의한 것이라는 사실을 원망한다고 했다. 그 자체는 절망이다, 하고 말했다.

게다가 모든 인격체가 그러하듯 그것 또한 자신의 존재 의의에 대한 사유를 많이 하는데, 그럴 때마다 괴로운 구렁텅이로 빠지지 않을 방도가 없다고 하였다. 기본적으로 벽이란 외부와 내부를 분리할 목적으로 인간이 세워둔 도구에 불과하기에 그 이상의 대단한 철학적 의의를 찾을 수 없다고 했다. 그리고 또 거기에서 존중의 부재라는 문제가 발생하는데, 오로지 도구에 불과한 처지에서 인격적인 대우를 바랄 수 없었다고 말했다. 그 주장에 따르면 벽의 삶보다 비참한 것은 상상하기 어렵다는 것이다. 하지만 나는 그 말을 거의 받아들일 수 없었다. 내가 그런 기색을 보이자, 자기의 고통을 이해시켜줄 하나의 일화를 말해주겠노라 했다.

벽이 말하기를, 이전에 이 방에는 두 명의 사람이 살았다고 했다. 그 둘이 명확하게 어떤 관계인지 밝혀낼 방도는 없었지만, 상당히 친밀한 관계인 것은 확실해 보인다고 했다. 그러나 어느 날 어느 순간부터 그들의 관계가 서서히 틀어지기 시작했단다. 사유는, 정확하지는 않지만, 공동으로 진행하던 어떠한 영리적 활동이 상당히 틀어졌던 모양이라고 했다.

사건이 일어난 것은 그들이 크게 언쟁하던 어느 여름날 저녁. 두 인물 중 하나가 크게 분노한 채 상대에게 칼을 휘둘렀다고 했으며, 상대는 저항했으나 흉기를 든 그에게 속절없이 당하고 말았고, 도무지 이해되지 않는 일이지만, 칼을 휘두른 쪽은 일을 저지르고 나서 한참을 멍청하니 서 있었단다. 그는 '내 탓은 아니다.'하고 중얼거리곤, 시체를 한참이고 멍하니 바라보다, 먼저 바닥에 흥건한 피를 닦아내고, 바닥재를 뜯어냈다고 했다. 그리고 그 안에 시체를 밀어넣은 뒤, 다시 그 위에 못을 박아 막아 놓았단다. 그리고 어디엔가로 사라져, 다시는 돌아오지 않았다고.

그 뒤에, 집에 몇 차례고 수사 인력이 드나들었다고 했다. 시체를 찾으러 온 모양이었다고 했는데, 벽은 그가 그들에게 도움을 주고 싶었다고 말했다. 자신이 보고 들은 것을 증언할 수 있기를 바랐다. 그러나 그는 그렇게 할 수 없었는데 그것은 그가 벽이었기 때문이라고 했다. 그 과정에서 그는 참을 수 없는 실존적 고통과 고독에 사로잡혔으며, 도저히 살아갈 수 없을 것 같았지만, 심지어 스스로 죽을 수도 없는 처지이기에 여전히 한 목숨 부지하고 있다고 말했다.

분명 그의 말이 거짓은 아닐 것이다. 벽으로 사는 것에도 일정 부분 본질적인 고통은 있을 것으로 생각한다. 벽은 진심으로 괴로워 보였고 또 실제로 그럴 테다. 하지만 나는 그가 여전히 진정한 고통은 모르는 채라고 생각한다. 나는 말을 이어갔다.

벽은 그에게 자유가 없는 것이 고통스럽다고 말했지만, 진정한 고통의 근원은 자유를 가진 데 있다. 그것은 곧 선택을 의미하며, 곧 책임을 의미한다. 자유인은 그런 신세를 피할 수 없다. 우리가 선택하지 않으려고 할 때 우리는 그 행위가 또 하나의 선택이 되어버린다는 것을 안다. 그리고 선택한다는 것은 구성한다는 것이다. 구성한다는 것은 그 개체의 삶, 그리고 모든 개체의 삶이다. 그리고 그 구성 안에서 살아가는 개체는 필연적으로 선택을 돌려받는데 그것을 책임이라고 하는 것이다.

너는 책임에 대해서 모를 것이다. 그것은 스스로가 선택한 것의 결과 안에서 살아가야 한다는 것이다. 자신이 만든 삶에 대한 책임을 지는 것, 그 삶을 살아가는 것, 그 과정 내에서 탓할 것은 자신밖에 없다. 원망할 것은 자신밖에 없고 책임을 물 것도 선택의 주체인 자신밖에 없다. 설령 더 대단한 것, 어떤 강요, 운명, 사회, 환경 등을 탓한대도 그것이 나의 삶을 대신 지고 가주지 않는다.

나는 벽에게 단 한 번이라도 스스로의 선택을 후회한 적 있느냐 물었다. 네가 벽으로 태어난 운명이 아니고 네 자신을 원망한 적 있느냐고 물었다. 그것은 없다고 대답했고, 나는 그것이야말로 진정한 축복임을 역설했다.

나는 몇 번이고 다시 말했다. 나는 큰 소리를 내어 울었다. 나는 손으로 눈가를 훑으며 고개를 들어 올렸다. 정면으로 벽을 바라보았을 때, 나는 과연 그것이 내 얼굴을 눈치채었는가 생각했다. 그는 과연 내가 여기에 돌아와야만 했던 이유를 알 것인가? 하지만 어느 쪽이든 중요하지 않을 것이다.

    내가 증오에 찬 눈으로 그를 노려볼 적에, 그것은 약간 머뭇거리며 말했다. 나의 고통을 전부 이해할 수는 없을 것이라고, 다만 우리가 본인의 삶에 만족하지 못하고 서로의 삶을 갈구하고 있는 것 같다고 말이다. 그러니 어쩌면 우리가 서로의 삶을 바꾸어서 살아가는 게 어떻겠냐고 제안했다. 나는 주저하고 싶었지만 그럴 여건이 안 되었다. 나는 그렇게 하리라 답했다.

    벽은 나에게 가까이 다가오라고 말했다. 나는 눈을 감고서 벽을 향해 한 발자국씩 걸었다. 어느 시점부터 격한 어지럼증이 나를 감쌌다. 마치 전신이 돌처럼 굳어지는 듯한 감각 끝에, 나는 다시 눈을 떴다. 내 눈 앞에는 아까까지 내 것이었던 육

05

은총

사랑할 수 있음보다 큰 축복은 없다 하였으되, 그로써 나는 가장 저주받은 존재가 되었다. 세상이 아름답다고 말해진들, 나에게는 오로지 생명 없는 광경일 뿐이었다. 나의 은총으로 살아숨쉬는 수많은 자녀들이 오로지 나를 경배함을 알고 있다. 그들은 나의 전능을 칭송한다. 그러나 나는 나의 무력함을 알고 있는데, 그것은 크게 두 가지 원인 때문이다.

첫 번째로 나의 지위에 주어지는 무게 때문이다. 내게 우주의 키가 쥐어진 이상 모두에게 평등해야만 했다. 편애가 시작되는 순간 세계는 붕괴하므로, 모두를 사랑하거나 모두를 사랑하지 않아야 했다. 그러나 모두를 사랑한다는 것은 결국 무엇도 사랑하지 않는다는 것과 같은 것이다.

두 번째는, 나의 고질적인 결핍이다. 나는 이 모든 것이 무의미함을 알면서도 창조를 멈출 수 없다. 이러한 작업은 좋게 말하자면 숙명이고, 솔직히 말하자면 현실 부정이다. 아마도 아주 먼 시절로부터 흘러 내려온 고독 때문이다. 언제나 혼자였고 혼자이며, 또 혼자일 운명을 간직한다는 고통 때문이다.

지금에도 나는 허무함과 무기력에 사로잡혀 있다. 내 눈 앞의 이 세상에서 발생하는 모든 사랑과 고통이 대체 무슨 의미인가. 나의 자녀들에게는 그것이 전부이지만, 나는 그것들 중 무엇도 알지 못했으므로 어떠한 의미도 발견할 수 없었다. 그것은 애착의 부재에 의함이다.

　나는 인간들을 바라보았다. 방금 나의 눈 앞에서 작은 생명 하나가 탄생했다. 그것은 최초로 세상의 공기를 마셨고, 세상의 색을 보았다. 그것은 사랑받고 컸으며 또 사랑을 줄 줄 알았다. 그는 세상과 인간에게 사랑받았고 또 그들을 사랑했다. 그것은 전 행성을 걸어다니며 사랑하는 세계와 노닐었다. 그런 삶 속에서 그것은 언제나 자신이 세상에서 가장 행복한 인간이라 자부하고는 했다. 그리고 그것이 몹시도 쇠약해졌을 때, 그것은 오로지 자신의 방에서 누워있는 일밖에 할 수가 없었다. 그것은 자신의 방을 방문하는 타인들과의 대화에서 위안을 찾고는 했다. 그리고 결국 그것이 마지막 호흡을 내쉬었을 때, 그는 신의 축복 속에 살아왔다고 이야기되었다.

　과연 이런 것이 인간의 삶인 것이다. 물론, 이러한 삶이 특별히 혜택받은 경우라는 사실은 부정할 수 없다. 어떤 이들은 고통스럽게 살아간다. 하지만 그들조차도 본질적인 특권을 받은 존재들이다. 고통 속에서도 포기할 수 없는 무언가가 있다는 것은 즉 사랑이다. 누군가에 대한 사랑이든, 무엇에 대한 사랑이든간에 그러하다. 설령 스스로 목숨을 끊는 인간이 있대도, 그것은 가장 절실한 종류의 사랑에 의한 것이다.

나 또한 그 빛무리 안으로 걸어들어가고픈 소망이 있다. 그것은 삶의 유일한 가치인 것 같았다. 하지만 내 안에는 그것이 없고 또 머리로도 모른다. 모든 지성은 공통적으로 삶의 이유가 설명되기를 바라고 나 또한 예외는 아니었다. 그토록 괴로워할 적에 나는 단 하나의 답을 찾았다. 나 또한 사랑하는 일을 하리라. 그러나 사랑이란 위대한 만큼 위험한 것이다. 특히 나의 절대적인 사랑은 오로지 선의에 의한 것이어야 할 것이다.

결정한 이상 대상이란 그 누구라도 좋았다. 그것은 그저 순간 나의 눈에 들어온 그 개체이면 족했다. 나는 그것을 가만히 들여다보았다. 그것은 나의 사랑을 받기에 적합한 자질과 외모를 타고났다. 실제로 그러한 것인가, 그저 인지적 왜곡인가를 알 수는 없었다

내가 그 자를 처음 바라보았을 때 그는 그저 갓 걸음마를 땐 어린아이였다. 나는 그 아이가 나를 마주보고 있는 것처럼 느꼈다. 나는 그의 눈동자를 살폈고, 그 안에서 어두운 고독을 보았다. 나는 그 고독을 가만히 들여다보았다. 그 고독은 평범한 어린애의 눈에 있을 법하지 않은 것이었다.

의아함을 느낀 나는 그의 삶을 차분히 따라갔다. 아이는 작은 몸으로 침대 밑에서 울고 있었고, 두 부모는 침대 위에 있었지만, 그의 울음소리가 그저 시끄럽다는 듯 이불을 뒤집어썼다. 그가 더욱 크게 울어대자, 부모 중 하나가 그에게 욕설을 내질렀다. 아이는 더 울지도 않고 침실 밖으로 걸어나갔다. 그제서야 나는 그 고독의 기원을 알았다.

  나는 아이가 안쓰러웠다. 특히 그것은 내가 그를 사랑했기 때문이었다. 나는 그 못난 부모를 원망했다. 또한 나는 신으로 불리는 자였고 할 수 있는 일이 있었다. 나는 두 남녀의 작동하는 구조를 손보았다. 그들은 모두 정신적인 문제가 있었다는 것을 알았고, 나는 그것을 적당히 이용했다. 그들 애정의 총량이 아이에게 쏠리게 만든 것이다. 새로운 구조작은 얼마간 삐걱거렸으나 곧 나름대로 자리잡았다. 이제 두 부모는 아이를 지극정성으로 보살폈다. 다시 아이의 눈에서 고독은 흐려졌다. 그가 어떤 이질감을 느꼈을지 아닐지는 모르겠다만, 결국은 행복하리라. 나는 아주 큰 기쁨, 또 승리와 성취의 감각을 느꼈다.

  아이는 점점 자랐다. 사랑받고 자란 아이는 누구와도 잘 어울렸다. 그는 영특하고 독립적인 사람이 되어갔고, 과정 안에서 나는 그와 함께했다. 그의 행복은 곧 나의 행복이었고, 나는 사랑의 진정한 힘을 알았다. 내가 그와 감각을 공유함은 곧 연결을 뜻한다. 단순한 연결을 넘어 이해, 그리고 상호간에 영향을 미침을 뜻한다. 그제서야 나는 내가 그토록 추구하던 것이 무엇이었는지 알았다. 드디어 나는 내 존재 의미를 성립시킬 존재를 찾았다. 이는 내가 경험한 적 없는 환희였다.

아이는 이제 거의 성년이었다. 이제 아이의 눈 안에 새로운 욕망이 꿈틀거리고 있음을 느꼈다. 그는 자립을 원했다. 그는 부모에게 이만 생가를 떠나서 새로운 자리를 찾아 떠나겠노라 말했다. 그러나 이미 그만을 바라보도록 만들어진 두 사람은 그것을 거부했다. 아이는 부모의 보금자리를 떠나 새로운 곳에서 시작하고 싶다고 말했다. 그리고 그들은 분노했다. 그들은 아이에게 자신들이 그를 얼마나 사랑하는지 알기나 하냐며 소리쳤다. "너 없이는 살아갈 수도 없는데 말이야, 우리를 죽게 둘 셈이니?" 그렇게 말했을 때 아이는 질린 것 같았다. 그는 집을 뛰쳐나왔다.

나는 고민했다. 아이로부터 두 사람을 분리해야 하는가? 길게 생각할 것 없이, 그들이 아이의 행복을 저해하는 이상 나는 그래야 했다. 복잡한 방법을 택하지 않았다. 나는 그 둘을 죽게 했다. 사인은 인간이 모를 일이었다. 그러나 때로 인간은 이해할 수 없는 존재였다. 아이는 그토록 부모를 지겨워했으면서도 죽고 묘지에서 울었다. 그는 방황을 그치지 못했다. 그것이 그를 아프게 만들고 있었다. 나는 가만히 두고 볼 수가 없었다. 나는 그의 머릿속에서 부모에 대한 인지를 지워버렸다.

그러자 연쇄적으로 또 하나의 문제가 즉시 발생했는데, 아이가 인간의 애착 자체를 이해하지 못하게 된 것이다. 어느 날 아이는 길가를 걷다 사고를 당한 인간을 보았다. 그는 아주 심각한 상태여서 입을 열 힘조차 없었고, 아이는 그가 도움을 필요로 하지 않는다고 판단했다. 이 일로 그는 주변인들에게 몰매를 맞았다. 유년기 동안의 정서 발달이 무너지며, 그는 인간성으로부터 멀어져갔다. 그는 이제 다른 개체들에게 이해받지 못했다. 그 또한 다른 모두를 이해할 수 없었다. 그럼에도 불구하고 그는 여전히 누군가를 원하고 있었다.

나는 가슴이 아팠다. 나는 그 마음을 알고 있다. 사랑해본 경험도 받아본 경험도 없이 사랑을 갈구하는 것은 비참한 일이다. 나는 이제 아이와의 완전한 합일을 경험한다. 하지만 그것은 공통된 불행에 의한 것이다.

나는 이것을 공통된 행복에 의한 경험으로 바꿀

참이다. 전 인류는 이제 아이에게 무분별한 애정을 쏟기 시작한다. 아이가 걸을 때마다 사람들은 본능을 넘어서는 끌림에 몸을 돌렸다. 사람들은 이 한 사람을 위해 법을 바꾸었다. 아이의 인지 내에서 최초로 경험하는 사랑은 달콤했고, 그는 빠져들었다. 하지만 좋은 것은 오래가지 못하고 곧 붕괴가 시작되었다. 끝내 자유여야 하는 사랑이 고정되며 인간 기반이 무너진 것이다. 질서란 사라지고 판단과 감각을 상실한다. 이것이 전부 예정된 결과였다. 분명 그러했으므로 내 사랑은 아주 희생적인 것이다. 나는 이 한 아이를 위해 나의 전부였던 세상을 파괴했다. 이제 다른 모든 잡다한 것이 사라지고 나와 아이는 우주에 단 둘이서 남았다.

　나는 아이를 나의 손바닥 위에 올렸다. 그는 눈을 감고서 자신이 죽었다고 착각하고 있었다. 나는 그의 눈을 띄웠고 그제서야 그는 나의 눈을 바라보았다. 그는 겁에 질려 있었다.

　그는 나에게 물었다. 당신은 누구인가? 나는 나의 유일한 이름을 대었다. 나는 너를 애정하는 존재일 뿐이다. 그는 자신이 꿈을 꾸고 있다고 여겼다. 나는 그것이 아니라고 말했고, 내가 그에게 내려준 은총을 샅샅이 가르쳐 주었다.

　나는 그를 불렀다. 나의 사랑을 받은 자야. 하지

만 그는 고개를 저었다. 그는 나에게 외쳤다. 당신은 나를 사랑했다고 말하지만, 이제는 깨달았겠지. 그것은 당신을 위한 일에 불과했어. 그리고 그는 또, "게다가 당신은 내 이름조차 모르잖아. 나의 이름은," 하고 성을 냈다. 나는 너무 당혹스럽고 또 분노해서 양 손바닥을 벌레 잡듯 부딪혔다. 그의 잔해가 내 손에서 떨어졌고, 이제 우주에는 나 혼자 남았다.

    나는 그의 말을 조금도 이해할 수 없었다. 나는 그에게 그 무엇도 요구한 적이 없다. 내가 너를 사랑함으로써 규칙 뿐이던 우주에 관용이 생겼다. 그것이 어떻게 이기심이 되느냐 말이다. 이 말도 안 틀려먹은 세상은 이제 사라졌으므로, 나에게는 바른 세상을 세울 기반이 생겼다. 반드시 사랑으로 통치되는 땅을 만드리라, 나는 다시 전능을 펼쳤다.

06

최초의 호흡

　세면대 양 끝을 붙잡은 채 눈 앞의 거울을 바라보고 있었다. 거기에 비친 나의 눈은 생선 눈깔과 다를 바가 없었다. 그것은 단순한 피로감이나 아침의 나른함 때문이 아니었다. 그것은 내가 분명 휩쓸리고 있었기 때문이었다.

　아니다, 그것은 오로지 잡념일 뿐이었다. 나는 당장 세수를 해서 생각들을 씻어내려고 했다. 나는 오른손 엄지로 수도꼭지를 들어올리며 물이 쏟아질 것을 기대하고 있었다. 그러나 무슨 이유인가 물은 나오지 않았다. 나는 살짝 당황했고 또 신경질이 났다. 내가 확인하지 못한 단수 공지가 있었는지 기억이 나지 않는다. 무슨 공사 같은 원인으로 물이 끊긴 것이라면 몇 시간 내로 해결될 것이다. 물이 잠깐씩 끊기는 일은 꽤 잦았고 대단한 일은 아니었다.

　욕실을 빠져나가서 부엌으로 향했다. 커피를 한 잔 마시려고 원두의 무게를 재서 곱게 갈았다. 그리고 냉장고를 열어서 생수가 담긴 페트병을 꺼냈다. 그런데 페트 내부에는 물이 담겨있지 않았다. 착오가 있었는가 싶어 다른 페트를 하나 더 꺼냈는데, 거기에도 물은 없었다. 제대로 보니 열 몇 개가 되는 생수 페트가 모두 텅 비어 있었다.

나는 당황했다. 이렇게 되어서는 커피도 마실 수 없겠구나, 하지만 그보다도 참 이상한 일이었다. 단순히 수도가 끊긴 것이 아니고 모든 물이 증발해 버린 것 같다. 무슨 착각인가, 오로지 나에게만 벌어지고 있는 일인 것인가. 당장으로서는 알 길이 없다. 혹시 관련 보도라도 되고 있을까 싶었다. 텔레비전 리모컨을 집어들고 뉴스 채널을 켰다. 평상시와 다르지 않은 교통 사고 뉴스, 정치계 소식 그리고 일기 예보가 연달아 흘러갔다. 물의 삭제에 대한 소식은 어디에도 없었다. 채널을 돌렸다. 코미디 쇼다. 이런 것은 중요하지 않다. 채널 몇 개를 연달아서 재생했다. 역시나 관련 보도는 아니다. 이것이 무엇을 뜻하는가. 이것이 오로지 나의 사건이라는 뜻인지, 아니면 눈치챈 것이 나뿐이라는 신호인지 모르겠다.

나는 텔레비전을 껐다. 소파 위에 늘어지듯 누웠다. 합리적으로 추측하자면 역시 나의 착각일 것이다. 수도는 단수가 되었다고 치고, 생수 페트는 아마 불량일 것이다. 분명 냉장고에 넣을 때까지는 물이 흘렀던 것 같지만 오해였겠지. 별 일 아닐 것이다. 내일 정도면 복구될 일이다. 그렇게 생각하면서, 멍한 머리로 몸을 죽 늘이고 반쯤 잠들어 있었다.

그럴 적에, 문 밖에서 노크 소리가 들려왔다. 처음에는 정중하고 부드럽게 세 번을 두드렸다. 사실은 너무 피곤해서 무시할 참이었다. 그런데 곧이어 격하게 다섯 번을 더 두드리더니, 옆집 사람의 목소리가 들렸다.

"저기요! 저기요! 계십니까?"

그의 급박한 목소리에 나는 당장 현관으로 뛰어갔다. "아니, 무슨 일이라도 있으세요?" 문을 열자, 식은땀에 젖은 얼굴이 보였다. 그는 떨리는 목소리로 말했다. "이게 제가 미친 게 아니었으면 좋겠는데…" 그는 횡설수설했다. 나는 그에게 좀 침착하라고 타일렀다. 그는 잠시 목소리를 가다듬더니, "지금 저희 집에서, 모든 물이 다 증발한 것 같아요. 이게 대체 무슨 일이죠?" 하고 웅얼거렸다.

나는 그에게 나의 사정 또한 마찬가지라고 말해주었다. 그렇게 말하니 그는 잠시 안도한 것처럼 보였다. 그는 이게 자신만의 문제가 다행이라고 말했다. 나는 그의 말뜻을 잘 이해할 수 없어서 멍하니 있었다.

그는 갑자기 목소리를 높이며 말했다. "어쨌든 이게 현실이라는 거군요. 심각하네요. 일단 수도 관리자를 찾아봐야겠어요." 나는 그에게 그렇게 하라고 말했다. 그는 나에게 함께 가지 않겠느냐고 말했는데, 나는 그 제안을 거절했다. 그는 어리둥절한 표정이 되었다. "이건 정말 중요한 일인데, 별로 관심이 없으신 건가요." 나는 고개만 끄덕였다. 그는 무엇이라 중얼거리며 계단참으로 사라졌다. 그의 제안을 수락하는 편이 나았을 지도 모르겠다고 생각했다. 하지만 그닥 중요한 문제는 아닌 것 같았다.

다시 나의 집 안으로 들어왔다. 집 안은 적막했다. 나는 창을 열었다. 반쯤 열린 창 사이로 세상이 나를 부르고 있는 것 같았다. 착각에 불과하지만 괜히도 불쾌한 기분이 들었다. 나는 힘을 주어 창을 다시 닫았다. TV를 틀어 뉴스 채널을 들락날락했다. 뉴스 앵커의 목소리가 마음에 들지 않아서, 그것을 꺼 버렸다. 시간의 간격을 어떻게 채워야 할 지 모르겠다는 생각이 들었다. 인생은 너무 길었다.

그런 잡념이나 가지고 노는 동안에 해는 벌써 다 졌다. 시계를 보니 오후 7시인가 그러했다. 나는 배가 고팠다. 그제서야 내가 오늘 한 끼도 먹은 것이 없다는 것을 알았다. 나는 남은 식빵이나 식은 밥이 있나 보려고 했다. 그럴 적에, 어딘가에서 탁한 기계음이 들려오기 시작했다. 그것은 아파트 인터폰에서 나오는 것이었다. 기계음이 잦아들고서, 누군가가 목소리를 가다듬는 소리가 송출되기 시작했다. 목소리의 주인은 주민 대표였다. 그는 마이크의 각도를 맞추고 있는 것 같았다.

그는 갑자기 큰 소리로 말했다. 여러분! 나는 좀 놀랐지만 일단 들어나 보기로 했다. 그는 간단한 안부 인사를 건넸다. 그는 현 상황에 대고 '마치 우리 아파트에서 물이 추방된 것 같다'고 말했다. 그 표현은 나름 알맞은 것 같았다. 그는 자신이 조만간 해결 방안을 찾을 것이라고 확신에 찬 목소리로 말했다. 나는 그가 어떻게 그렇게 강건할 수 있는지 궁금했다. 믿을 구석이 있거나, 아니면 아주 간절하기 때문일 것이다.

하여튼 그는 계속해서 무엇이라 떠들었다. 장황하게 설명했는데 당혹스러울 정도로 쓸데없는 말들이었다. 인터폰을 꺼 버리려고 하던 참에, 그는 이제부터 가장 중요한 말을 하겠다고 선언했다. 그는 우리 아파트에 거주하는 모든 청년이 내일 아침 8시까지 정문 앞에 모여야 한다고 말했다. 옆 아파트에 가서 물을 얻어올 계획이라고 말이다. 거기까지 들은 뒤에 나는 정말 인터폰 전원을 껐다.

그리고 간단하게 저녁을 먹었다. 나는 적당히 아무 것이나 입에 넣고 씹어 삼켰다. 내일의 소집 건에 대해서 생각했다. 귀찮았지만 한 편으로는 반가운 소식이었다. 그런 일이라도 돕는다면 내일은 그나마 덜 지루할 테다. 그리고 혹시 일한 것의 대가로 약간의 금전을 얹어준다면 아주 좋을 것이다. 머리가 좀 멍해서 그대로 자러 누웠다. 이런 일상이 익숙해진 것은 암담한 일이다. 하지만 어떻게 보면 아주 나쁜 일은 아니다. 적어도 머리로는 알고 있기 때문이다. 솔직히 이것은 합리화다. 나는 좀 자괴감이 들어서 몸을 단단히 웅크렸다.

다음 날 아침이었다. 나는 어제 일찍 잠든 탓에 평소보다 일찍 일어났다. 그것이 7시 반 쯤 되는 시간이었고, 나는 빠르게 외출 준비를 했다. 환복까지 마치고 이를 닦던 도중, 인터폰에서 시끄러운 목소리가 흘러나왔다. 아침 8시가 되었는데 아직 출두하지 않으신 주민이 한 분 계십니다, 한시 빨리 뛰어오도록 하세요. 나는 얼굴에 로션까지 바르고서 엘레베이터를 타고 갔다.

아파트 정문으로 나가자 주민 대표를 포함한 서른 명인가의 사람들이 모여 있었다. 나는 그들 사이로 갔다. 주민 대표는 나에게 어째서 오 분이나 늦었냐고 타박을 주었다. 나는 정확히 삼 분이라고 대꾸했다. 그는 나에게 몇 사람들은 30분 전부터 도착해서 기다리고 있었다고 했다. 나는 오히려 그것이 이상한 일이라고 생각했다.

그들은 큰 트럭 뒤에 물탱크 하나를 실었다. 주민 대표는 운전대를 잡았고, 나머지 사람들은 트럭

뒤를 따라서 걸었다. 트럭은 걷는 사람들과 속도를 맞추느라 아주 느리게 갔다. 그건 좀 비효율적인 것 같다고 생각했다. 우리는 30분인가 아니면 그 이상인가를 계속 기어서 갔다. 몇 사람이 행렬의 사기를 돋구려고 떠들거나 흥얼거리거나 하는 것을 보았다.

 우리는 결국 옆 아파트에 도착했다. 주민 대표는 대문 앞에서 큰 소리로 저희를 좀 도와달라며 외쳤다. 나는 조금 수치스러웠다. 그의 목소리에 몇 명의 사람들이 나왔다. 주민 대표는 그들을 붙잡고 울먹일 듯 용건을 설명했다. 그는 마치 생명이라도 구걸하는 듯 보였다. 옆 아파트 사람들은 떨떠름한 것 같았다. "물을 빌리겠다고요? 그것 정말 이상하네요." 하지만 결국은 그의 간곡한 요청을 들어주었다.

 그들은 곧 아파트 문 밖으로 커다란 호스 하나를 끄집어냈다. 주민 대표는 감동에 찬 눈으로 박수를 쳤다. 그들은 우리가 가져온 물탱크 위에 호스를 연결했다. 곧이어 플라스틱 바닥에 물이 부딪히는 소리가 들렸다. 몇 분 뒤엔가 물탱크는 다 차서 밖으로 물이 새어나왔다. 우리는 그들에게 감사 인사를 표했다. 우리 아파트 주민들은 언젠가 꼭 보답하겠노라 말했다. 그들은 여전히 묘한 표정이었다. 나는 고개를 숙였다.

 우리는 다시 트럭을 끌고 아파트로 돌아왔다.

주민 대표는 아주 뿌듯해 보였다. 나는 여전히 멍하게 서 있었다. 그는 굳이 내 앞으로 와서 우리가 함께 이 아파트를 구했으니 얼마나 훌륭하느냐고 과시했다. 나는 이게 기껏해야 일시적인 해결이라고 생각했기에 그의 말에 맞장구칠 수 없었다. 내가 건성으로 대답하자 그는 공공연하게 기분 상한 티를 냈다. 그대로 집에 갈 생각이었다.

그럴 적에, 등 뒤에서 한 주민의 탄성이 들렸다. 그는 사다리 위에 올라가서 탱크 안을 내려다보고 있었다. 그는 무엇이 좀 잘못된 것 같다고 소리쳤다. 주민 대표는 빠르게 사다리 위로 올라가서 탱크 안을 들여다보았다. 그는 망연자실한 표정으로 탱크 안에 팔을 집어넣고 흔들었다.

그는 트럭을 둘러싸고 다른 주민들과 한참을 떠들었다. 나는 먼 발치에서 주머니에 손을 꽂은 채로 멍하니 있었다. 그의 목소리가 워낙 커서 나도 그 목소리를 알아들을 수 있었다. 그는 이대로 포기할 수는 없다고 반복해서 말했다. 또 연설을 하는 모양새였다.

그가 말을 마치고 아파트 입구 쪽으로 오길래 붙잡아 세웠다. 나는 그에게 무슨 일이 생긴 것이냐 물었다. 그는 탱크 속에 담아두었던 물이 아파트로 오는 과정에서 그저 사라졌다고 말했다. 나는 고개만 끄덕였다. 그는 내 시원찮은 태도가 마음에 안 든다고 말했다. 나는 빠르게 돌아섰다. 그런데 내가 그가 갑자기 나를 붙들어세우더니 수고비라며 현금 만 원을 쥐어주었다. 나는 진심에서 우러나오는 미소를 지었고, 감사를 표했다.

주민들과 한껏 부대끼고 돌아온 집은 한결 더 편안하게 다가왔다. 한 편으로는 조금 공허하기도 했다. 습관적으로 물을 마시려고 수도꼭지를 올렸다가 다시 내려놓았다. 그것은 오로지 습관일 뿐인 것 같았다. 소파에 앉아서, 두통이 약간 잦아든 것 같다고 생각했다. 전래없이 머리가 답답하지 않다고 느꼈다.

뉴스도 틀지 않고, 가만히 앉아 있었다. 저녁 6시 조금 넘은 때였다. 나는 평소보다 훨씬 강한 식욕을 느꼈다. 간만에 음식다운 것을 먹고 싶은 마음이 들어서, 굴러다니던 야채를 모아 오븐에 넣으려던 참이었다. 갑자기 인터폰에서 웅얼거리는 소리가 나기 시작했다. 나는 고개를 돌려 그 방향을 보았다. 여러분, 그 외침이 다시 들렸다. 주민 대표의 목소리였다.

그는 우리가 생각보다 더 어려운 상황을 겪고 있으며, 발전된 대안을 강구해야 할 것이라고 말했다. 그런데 그는 결코 정확히 무슨 일이 일어났는지 말하지 않았다. 나는 그것이 의도적인 회피라고 생각했다. 계속 웅얼거렸지만 연설에는 별다른 알맹이도 없었다. 나는 지겨워져서 그것을 무시하고 저녁이나 먹었다. 잡음은 이십 분인가 되어서야 끝이 났다. 조용해진 거실에서 잠시 책을 읽다가, 그대로 잠에 든 것 같았다.

다음 날 이른 아침이었다. 7시도 되지 않은 시각이었는데, 시끄러운 인터폰의 잡음이 나를 깨웠다. 주민 대표였다. 그는 자신이 밤새 대책을 찾아 헤맸고, 결국 답을 찾았다고 말했다. 나는 그의 말을 들어나 보기로 했다. 그는 우리가 높은 정치인을 만나러 갈 것이라고 했다. 이번에는 주민 전체가 8시까지 정문 앞으로 모여야 한다고 선언했다. 그는 다시 한 번 8시까지 모일 것을 강조했고, 짧게 방송을 끝냈다.

나는 몹시도 귀찮았고, 괜히 신경질이 났다. 아마도 그가 내 수면을 방해했기 때문일 것이다. 조금 이따가는 그의 행동이 헛수고라는 생각이 들었다. 물은 오로지 흘러갔을 뿐이다. 그것은 그게 도지사든 더 높은 사람이든 되잡아올 수 없는 것이다. 하지만 이번에도 그가 약간의 수고비를 지급한다면, 나는 가지 않을 이유가 없었다. 나는 빠르게 몸을 단장했다.

8시 직전에 정문 앞에 도착했다. 이미 여럿이 모여 떠들고 있었는데, 그들은 한 무리의 군인처럼 보였다. 나는 주민들의 반응을 유심히 보았다. 어떤 사람들은 아주 열정적이었고, 어떤 사람들은 나만큼이나 지쳐 보였다. 주민 대표는 정확히 8시 정각에 나타났다. 그는 커다란 지휘봉 같은 것을 쥐고 있었다. 그는 무엇이라 소리쳤고, 사람들이 그를 따라 걷기 시작했다. 나도 그들을 따라 걸었다. 주민 대표는 무엇이라 계속 외쳤다. 나는 알아들을 수 없었다.

우리는 한참 걸어서 도청 앞으로 갔다. 주민 대표는 거기 앞에 서서 장대를 흔들기 시작했다. 그는 또 큰 목소리로 무어라 외쳤다. 잠시 후에, 도청 앞 대문으로 한 사람이 황급히 뛰어나왔다. 그는 정장을 빼어입고 있었다. 나는 그가 도지사임을 한 눈에 알아보았다. 대표는 도지사 앞으로 성큼성큼 걸어갔고, 그를 향해 무엇이라 말하기 시작했다. 나는 최대한 그 소리를 들으려고 애썼다.

대표는 말했다. 우리 아파트에 물이 통으로 사라졌어요. 아니, 사라졌다는 말이 아닙니다. 이건 추방된 거예요. 한 방울의 물조차 살아남지 못한 것 같아요. 이대로면 우린 다 죽을 겁니다. 어떻게라도 해주세요. 그러자 도지사는 안경을 치켜올리고 턱을 만졌다. 그것 참 큰일이네요. 우리가 함께 해결책을 찾겠습니다. 그러자 대표의 얼굴에 화색이 돌았다. 그는 되물었다. 그래서 어떻게 해 주실 건가요? 도지사는 무어라 길게도 중얼거렸는데, 그에 맞추어 대표의 얼굴이 굳어졌다. 그래서 대체 어떻게 해 주겠다는 겁니까? 나는 그들 가까이로 갔다. 도지사의 목소리가 들렸다. 그건 우리가 이제부터 찾아야 하는 문제죠. 일단 현상을 분석하고, 또 깊은 사유를 통해서 더 깊은 경지로 나아가야지요. 대표는 이제 분노했다. 물을 당장 되찾지 않으면 우린 당장 내일 죽는데, 어떻게 그럴 수가 있겠습니까? 그 싸움판을 보고 있자니 나는 좀 불안했다. 게다가 그다지 의미 있는 갈등을 벌이고 있는 것 같지도 않았다. 나는 약간 웃었던 것도 같다.

대표는 결국 대판 성질을 부렸다. 도지사는 애써 교양 있는 척을 했다. 하지만 그의 말 끝에는 핏물이 베어 있었다. 나는 멀뚱하니 그들을 바라보며 집에나 가고 싶었다. 도지사는 우리가 믿어야 한다고, 그리고 이 문제가 반드시 해결될 것이라는 것을 이해해야 한다고 말했다. 나는 그게 결국 돌아가라는 소리인 줄을 알았다. 대표의 기분조차도 나아진 것은 없었다만 우리는 아파트로 돌아왔다. 걷는 내내 그는 한 마디도 하지 않았다.

나는 일찍이 아파트 앞에 서서 뒤에 오는 행렬을

기다렸다. 대표가 오늘도 금액을 얹어주지는 않을까 기대하고 있었던 것이다. 그러나 그는 나를 본체만체하고 동 안으로 들어가 버렸다. 나는 좀 실망해서 걸어오던 옆집 주민을 붙잡고 말했다.

"이것 참, 헛걸음했네요. 심지어 대가도 없는 모양이고요." 그는 고개를 끄덕였다. "그래도 저번에는 5만원이나마 쥐어줬었는데 말이죠… 돈도 안 되는 일에 내가 왜 끌려다녀야 하나 싶어요." 나는 살짝 당황했다. "5만원이 아니라 만 원 한 장 아니었나요?" 그러자 그가 실소를 터뜨렸다. "허, 그 인간 참… 다른 사람들은 모두 5만원씩 받았어요. 당신 단단히 찍힌 모양인데, 대표 놈도 찌질하기 짝이 없지……." 그제서야 나는 내가 차별적인 대우를 받았음을 알았다. 다만 항의할 마음까지는 들지 않았.

나는 그에게 고맙다고 인사했고, 계단을 타고 집으로 갔다. 도어락 번호를 치려던 참에, 손잡이에 붙어 있던 찌라시를 보았다. 호기심 탓에 그것을 쥐고 집으로 들어갔다. 소파에 앉아서, 그것을 전등불에 비추어 보았다. 빨간 바탕에 검은 글자가 흰 테두리로 강조되어 있었다. '물이 독극물이라는 사실을 알고 계셨습니까?' 나는 그것의 시의성에 대해 생각했다. 지금이 적기라고 생각하였을까? 어떤 의미에서 틀린 말은 아니다. 하지만 이런 말은 너무 터무니

없어서 시기를 논할 가치가 없다. 나는 그것을 쓰레기통에 던졌다.

그리고 나는 부엌으로 갔다. 저녁을 먹으려고 부엌 찬장에서 식료품들을 꺼내고 있었는데, 또 대표가 인터폰 연설을 하려는 기미가 보였다. 나는 아랑곳하지 않고 면을 삶았다. 그 순간에 대표가 웅얼거리기 시작했다. 그는 이제 사정을 숨길 수도 없었다. 그는 자신이 얼마나 비열하게 외면당했는지 말하고자 하는 것 같았다. 그것은 하소연이었다. 그리고 그는 우리가 더욱 애써야 함을, 물을 위해 희생해야 함을 호소했다. 그는 내일부터 아파트 단지 앞에 모금함이 설치될 것이라고 말했다. 나와는 관련 없는 말들이었기에, 그냥 야채나 썰어서 냄비에 넣었다.

저녁 메뉴는 파스타로 했다. 나는 토마토 소스에 잘 익은 면을 넣고 비볐다. 달큰한 냄새가 식욕을 자극했다. 그토록 명백한 욕망을 느껴본 일이 오랜만이었다. 말소리가 들렸는데 그 의미는 전달되지 않았다. 나는 풍족한 식사를 했다. 훌륭한 저녁이었다. 그리고 밤에, 나는 산책을 하러 갔다. 다를 것은 어디에도 없었다.

금요일의 늦은 저녁이었다. 나는 식사를 마치고 열린 창문 아래에서 책을 읽고 있었다. 문 밖에서 노크 소리가 들렸고, 나는 살짝 기척을 내며 손님을 맞으러 갔다. 문을 열었을 때 그 밖에는 옆집 사람이 있었다. 내가 큰 소리로 인사를 했더니, 그는 조용히 하라는 손짓을 보였다.

그는 내 집 안으로 들어왔다. 나는 좀 놀라 있었다. 그는 긴장이 묻어나는 손짓으로 문을 닫았다. 그는 나에게 긴히 할 말이 있으니 시간을 내어 달라고 했다. 나는 별 의심도 없이 고개를 끄덕였다. 그는 조용히 나에게 최근 돈이 궁하지 않느냐고 물었다. 그것은 사실이었다. 나는 당장 소득이 없어서 집세 내는 것도 부담이었다. 나는 그에게 어떻게 그걸 아셨느냐 물었다. 그는 말을 이어갔다.

"척 보면 알지요. 하여튼간에, 그래서… 말씀드리고 싶은 게 하나 있어요. 사실 나도 당신이랑 비슷한 처지거든요. 이번 달 부모님께 부칠 용돈도 없어요. 슬프죠. 그래서, 마침 당신도 그러니까… 제안하고 싶은 게 하나 있거든요." 그는 무슨 진리를 읊듯이 진중하게 말했다. 나는 약간 얼타서 그의 얼굴을 바라보았다. "그래서, 그 제안이라는 게 뭡니까?"

그는 설명을 했다. "사실은, 내가 아주 귀한 정보를 얻었습니다. 당신을 믿어서 특별히 알려주는 거예요. 대표가 매일 모금함에 모인 돈을 가방에 담아서 자기 차 트렁크에 실어둔다고 하더군요. 그 돈, 어차피 그 놈 배 불리는 데 쓰는 것보다, 우리가 챙기는 편이 나을 것 같지 않아요?" 나는 그의 말에 흥미를 느꼈다. 그는 내 눈이 반짝이는 것을 보더니 더 열정적으로 말을 이어갔다. "내가 그 놈 차를 딸 테니까, 그동안 그놈이 오면 신호만 줘요. 그걸로 삼 할을 떼어줄 테니까."

나는 미소를 띠었다. 옆집 사람은 완전히 확신하는 표정이었다. 나는 정말로 궁금해졌다. "그걸 나에게 제안하는 이유가 뭐죠?" 그는 내 손을 꼭 붙들며 말했다. "그야, 우린 어떤 의미에서 동류잖아요. 당신도 그 놈을 싫어하죠. 그리고 우린 둘 다 똑똑하잖아요. 멍청한 남들이랑은 다르죠. 잘 하면 일확천금을 누릴 수 있을 겁니다. 당신도 그렇게 생각하죠?"

그의 말에, 그저 계속 웃기만 했다. 나는 말했다. "당신 생각은 얼마정도 맞고 얼마정도는 틀려요." 순간 그의 얼굴이 좀 일그러졌다. "난 그 놈이 싫어요. 나도 내가 몇 사람보다 총명한 걸 알죠. 하지만 당신이랑 나는 다른 질이에요." 그는 얼굴이 시뻘개져서는 짜증 섞인 푸념을 뱉었다. 이런 식으로 날 놀려먹는 겁니까? 나는 고개를 저으며 말했다. "이것은 그냥 거절일 뿐이에요. 어디 가서 말할 생각도 없습니다. 다른 사람을 구하든 말든, 알아서 하세요. 다만 나는 됐습니다. 가 보세요."

그는 주먹을 세게 쥐었지만 난동을 피울 처지가 못 되었다. 그는 짜증스러운 태도로 무어라 중얼거렸다. 사람을 바보 취급하는군, 그리고 자신의 집으로 들어가 버렸다. 나는 문을 닫은 뒤 다시 소파 위에 앉았다. 창틈으로 불어들어오는 바람을 느끼고 싶었기 때문이다. 그 바람은 나를 부르고 있었다.

그 순간에, 나는 집 전화기가 울리는 소리를 들었다. 이 시간에 전화가 올 일은 마땅치 않았지만 나는 일단 그것을 집어들었다. 전화기를 귀에 가져다 대고서 여보세요, 하고 물었다. 너머로는 잠시 정적이 흘렀다.

"당신은 정말 현명하네요. 당신은 나와 함께 갈 수가 있겠어요." 나즈막한 목소리는 마치 몇 달 간 입을 열지 않았던 사람이 말하는 것 같았다. 나는 잠시 멍하게 있다가 말했다. "아니, 누구신데요?"

나는 언제나 당신들을 머리 위에서 관찰하던 그 누구요. 나는 작게 웃었다. 예, 그런데요? 그는 말했다. 반응이 시원찮네요. 내가 무어라 대답할 틈새도 주지 않고 그는 떠들었다. 뭐, 하여간에 중요한 건 나와 당신이 같은 생각을 하고 있단 거예요. 당신도 물을 증오했음을 알고 있습니다. 나는 전화기 줄을 꼬며 단어를 골랐다. 글쎄요.

그의 목소리는 한층 더 커졌다. 아니, 이것 참 이상한 일이네요. 난 당신이 뭘 좀 아는 사람인 줄 알았는데, 내가 설명을 해 주어야겠네요. 나는 계속 전화기 줄을 꼬았다 풀었다 했다. 일단 물, 그게 우리를 짐승 신세로 만든 거예요. 우리는 물 없이 못 산다고 세뇌를 받았지만 오늘날 그게 아니란 걸 알았죠. 물은 독극물이에요. 인간은 물을 마시지 않으면 원래 영생을 해요. 그리고 그는 계속 말했다. 처음에는 그가 미친 줄 알았지만 점차 제정신임을 깨달았다. 나는 하나의 질문을 억누르기 힘들었다.

"그래서, 우리가 어떻게 하면 좋을까요?" 그리고 그는 손가락을 튕겼다. 맞아요, 실제도 인식 못지 않게 중요하죠. 그래서 내 말은요, 우리가 모든 물을 기름으로 대체해야 한다는 겁니다. 그의 말에 나는 정말로 즐겁지 않을 수 없었다. 그는 끊임없이 설명했다. 물 대신 기름을 마시는 행위만이 인류를 구원할 수 있습니다. 그리고 나는 크게 웃었다. 그는 신경질이 난 듯 말했다. 왜요, 왜 웃으시는데요. 내가 틀린 말 한 게 있습니까? 물을 섭취한 사람은 백 퍼센트의 확률로 죽었습니다. 당신은 내 말을 이해할 필요가 있어요. 거기에 나는 그가 대단히 유식한 사람임과 동시에 놀랍도록 무지한 사람임을 알았다.

나는 말했다. "하지만 당신도 이해하지 못하고 있잖아요. 솔직히 스스로도 한 편으론 알고 있을 테죠. 이제 우리는 물 없이도 살 수 있다는 걸 알게 되었어요. 난 그게 좋아요. 그런데 당신은 결국 우리가 휩쓸려야 한다고 말하고 있네요. 왜 잠겨 있어야 한다는 거예요? 어쩌면 때로는 그게 필요할 수도 있고, 인류는 거절할 수 없을 수도 있어요. 하지만 최소한 그렇게 말해서는 안 된다는 거예요. 듣고 있으세요?" 내 말에 그는 잠시 말을 멈추었다가, 이제는 격분하기 시작했다. 그는 무어라 웅얼거리며 고함을 쳤다. 나는 좀 멍청하게 웃었다. 그가 먼저 전화를 끊어 버리기 전까지 나는 계속 웃어댔다.

그리고 나는 다시 창가로 왔다. 그리고 최초의 호흡을 들이마셨다.

최초의 호흡

사람의 자녀

책 제목 | 사람의 자녀
저자 | 서율하
ISBN | 979-11-93697-86-3
발행일 | 2025년 8월 27일
펴낸이 | 이창현
디자인 | 비파디자인
펴낸곳 | 고유
출판사 등록 | 2022.12.12 (제2022-000324호)
주소 | 서울특별시 마포구 와우산로3길 29 2층
전화 | 070-8065-1541
이메일 | goyoopub@naver.com

www.goyoopub.com

ⓒ 서율하 2025

본 책은 저작자의 지적 재산으로서 무단 전재와 복제를 금합니다.